KB142266

06/5/30

공성과 보리심을 배우고, 사유하고, 행하시길.

석가의 비구, 달라이 라마

한국인을 위한

달라이 라마의 인생론

한국인을 위한 달라이 라마의 인생론

2017년 5월 31일 초판 1쇄 | 2017년 7월 12일 초판 6쇄 발행
지은이 · 달라이 라마 | 엮은이 · 달라이 라마 방한추진회 | 그린이 · 지석철

펴낸이 · 김상현, 최세현
편집인 · 정법안
책임편집 · 손현미, 김유경 | 디자인 · 김애숙

마케팅 · 권금숙, 김명래, 양봉호, 임지윤, 최의범, 조히라
경영지원 · 김현우, 강신우 | 해외기획 · 우정민
펴낸곳 · 마음서재 | 출판신고 · 2006년 9월 25일 제406-2006-000210호
주소 · 경기도 파주시 회동길 174 파주출판도시
전화 · 031-960-4800 | 팩스 · 031-960-4806 | 이메일 · info@smpk.kr

ⓒ 달라이 라마(저작권자와 맺은 특약에 따라 검인을 생략합니다)
ISBN 978-89-6570-475-1 (03890)

- 이 책은 저작권법에 따라 보호받는 저작물이므로 무단전재와 무단복제를 금지하며, 이 책 내용의
  전부 또는 일부를 이용하려면 반드시 저작권자와 (주)쌤앤파커스의 서면동의를 받아야 합니다.
- 이 책의 국립중앙도서관 출판시도서목록은 서지정보유통지원시스템 홈페이지(http://seoji.nl.go.kr)
  와 국가자료공동목록시스템(http://www.nl.go.kr/kolisnet)에서 이용하실 수 있습니다.
  (CIP제어번호:CIP2017012359)
- 잘못된 책은 구입하신 서점에서 바꿔드립니다.   • 책값은 뒤표지에 있습니다.
- 마음서재는 (주)쌤앤파커스의 종교·문학 브랜드입니다.

쌤앤파커스(Sam&Parkers)는 독자 여러분의 책에 관한 아이디어와 원고 투고를 설레는 마음으로 기다리고
있습니다. 책으로 엮기를 원하는 아이디어가 있으신 분은 이메일 book@smpk.kr로 간단한 개요와 취지,
연락처 등을 보내주세요. 머뭇거리지 말고 문을 두드리세요. 길이 열립니다.

한국인을 위한

달라이 라마의
인생론

달라이 라마 지음

달라이 라마 방한추진회 엮음 | 지석철 그림

**마음
서재**

부재 - 카이로, 이집트 77.5×115cm, Oil on Canvas, 2013

좋은 삶이란

단순히 좋은 음식을 먹고,

좋은 옷을 입고,

좋은 집에서 사는 것을 뜻하지 않습니다.

그것만으로는 충분하지 않습니다.

좋은 삶은 좋은 동기가 필요합니다.

독단적이지 않으며

복잡한 철학이 필요 없는 연민,

다른 사람들이 다 내 형제자매라는 깨달음,

그리고 그들의 권리와

인간의 존엄성을 인정하는 것입니다.

'달라이 라마의 말씀'을 한국에 전하며

지난해 인도 다람살라를 방문했을 때, 달라이 라마께 한국 방문을 청하며 해인사 팔만대장경 중 '반야심경판'을 복각하여 선물로 드렸습니다.

"언제든 여건이 된다면 다른 약속을 미루고서라도 한국에 먼저 가겠다."

"한국에서 김치를 먹어보고 싶다."

"해인사 팔만대장경을 참배하고 싶다."

"한국의 지식인들과 대화를 나누고 싶다."

달라이 라마께서 한국인 순례단에게 하신 말씀입니다. 티베트를 떠나 인도로 망명하면서 가슴에 안고 온 티베트 대장경 3질 중 1질을 한국 사람들을 위해 동국대학교에 보낼 정도로 그분의 한국 사랑은 각별합니다. 15년 전부터는 진옥 스님이 이끄는 '한국인을 위한 법회'와 BTN 순례단을 위해 특별히 한국인만을 위한 법문을 매년 들려주고 계십니다.

달라이 라마는 세계적으로 크게 존경받고 있는 불교지도자이자 평화운동가입니다. 세계 50여 개 나라에서 그분을 초청하여 가르침을 경청해온 것은 특정 종교나 이념을 초월하여 인간의 내면적인 가치, 비폭력과 자비, 관용과 화합을 설파하고 인권, 환경, 빈곤의 문제 등을 세계인들에게 호소해왔기 때문입니다.

한국 사회는 지난 40년간 급격한 경제 발전을 이룬 대신, 인간의 가치와 도덕의 소중함, 그리고 용서와 화합의 미덕을 잃어가고 있습니다. 물질 만능주의와 무한 경쟁으로 인한 인간 소외, 양극화 그리고 환경오

염 문제가 심각한 수준입니다. 게다가 종교 갈등이 어느 때보다 고조되고, 세계 유일의 분단국가라는 오명까지 안고 있습니다.

그동안 우리는 이런 문제들을 외면해왔고, 그 결과 지금 같은 갈등과 반목을 겪기에 이르렀습니다. 우리는 이런 고통을 안고 있는 한국인들에게 평화와 행복을 선물한다는 마음으로 '달라이 라마 방한추진회'를 결성하고, 그분의 방한을 준비하고 있습니다.

달라이 라마께서 한국인들에게 들려주신 법문을 소수의 사람만 간직하기에는 그 말씀이 가슴 벅찼습니다. 그래서 우리는 그분의 고귀한 말씀을 한 권의 책으로 묶어서 내기로 했습니다. 기존에 나와 있는 달라이 라마의 책들은 주로 외국인이 썼고, 그것을 우리말로 옮긴 것이 대부분입니다. 우리는 거기에서 느껴지는 정서적 거리감을 줄이기 위해 한국인을 상대로 하신 법문 중에서 가슴에 꼭 새겨야 할 말씀들을 선별했습니다. '행복은 당신의 의무입니다'라는 달라이 라마의 행복의 말씀들과 지석철 작가님의 격조 높은 그림들로 이 책을 꾸몄습니다.

달라이 라마의 이 귀한 말씀을 가슴에 담는 것은 큰 행복을 품는 것입니다.

2017년 5월
달라이 라마 방한추진회
상임대표 금강

차례

2부 붓다와 나

1부

세계와 나

세계의 평화는

내적인 평화 위에서만 가능합니다.

우리의 내적 평화를 깨뜨리는 것은

외부의 위협이 아닙니다.

분노 같은 우리 내면의 결함들입니다.

시간, 기억 그리고 존재 77.7×97.1cm, Oil on canvas, 2010

나는 믿습니다

세계 어디에서 왔든 우리는 모두 똑같은 사람들입니다. 근본적으로 우리는 인간애를 가지고 사랑과 자비를 실천해야 합니다. 종교가 있건 없건 누구나 사랑과 자비를 실천한다면 서로를 발전시킬 수 있다고 나는 확신합니다.

나는 인간의 모든 고통이 무명無明에서 비롯된다고 믿습니다. 사람들은 오직 자신의 행복과 만족만을 추구하기에 다른 사람들에게 큰 고통을 주고 있습니다. 진실한 행복은 타인에 대한 사랑과 연민으로 이기심과 탐욕을 제거한 뒤에 오는 평화와 만족감에서 비롯됩니다.

*1989년 노벨평화상 수락 연설에서 하신 말씀입니다.

격변하는 세상에서

한국은 경제, 문화, 과학이 발전한 나라입니다. 자기를 되돌아볼 수 없을 만큼 격변하는 나라여서 한국인들은 '무상無常'과 '고苦'를 생각할 틈이 조금도 없는 것 같습니다. 그러한 생활은 윤택할지 모르나 마음은 불행합니다. 고를 깨닫는다면 삶의 의미가 행복에 있음을 알게 되고, 무상을 깨닫는다면 아집과 집착에서 벗어나 행복을 느낄 수 있습니다.

걱정 많은 당신에게

지금,

너무 많은

걱정을 하고 있지는 않나요?

해답이 있는 문제라면

미리 걱정할 필요가 없고,

해답이 없는 문제라면

걱정한들 아무 소용이 없습니다.

걱정을 놓아버리면 오히려

더 좋은 결과가 찾아올지 모릅니다.

우리가 만드는 문제들

우리는 너 나 할 것 없이 슬픔에서 벗어나 행복하게 살고 싶어 합니다. 그러나 실제로는 많은 문제에 직면하고 있는데, 그 대부분이 우리가 스스로 만들어낸 문제들입니다. 그리고 그 문제의 많은 부분은 우리가 혼란스런 감정들에 굴복하는 데서 비롯됩니다.

우리가 설사 자기중심적이라 해도 연민의 감정에 따라 움직이는 게 좋습니다. 그럴 때 자신감이 생기고, 두려움이 줄어들고, 믿음이 더욱 커지기 때문입니다. 반면에, 혼란스런 감정을 따라 움직이면 불신과 의심이 더욱 커질 뿐입니다.

'우리'와 '그들'

우리는 폭력 앞에서 움찔하면서도 그것이 환경에 미치는 영향은 잘 인식하지 못합니다. 그 폭력이 이미 일어난 일인데다 우리가 할 수 있는 일이 거의 없다고 생각하기 때문입니다. 실제로 기후 변화는 이미 수백만 농부들에게 영향을 끼치고 있습니다.

우리는 과거 그 어느 때보다 상호 의존적이지만, 그럼에도 계속 사람들을 '우리'와 '그들'로 나누려 합니다. 우리는 모두 같은 인간이자 가족이라는 사실을 잊지 말아야 하며, 지구에 대한 책임감을 더 강하게 느껴야 합니다.

인간은 하나의 가족

나는 우리 '인간 가족'이 하나라는 것을 널리 알리는 일에 전력투구하고 있습니다. 내가 가는 곳마다 사람들에게 우리는 다 같은 인간이라는 점을 상기시킵니다.

이제 우리의 미래가 다른 사람들에게 달렸다는 것을 인정해야만 합니다. 우리 자신의 이익을 위해서라도, 다른 사람들에게 관심을 갖고 그들을 돌봐야 합니다. 그것이야말로 우리의 이익을 확보하는 현명한 방법입니다.

폭력에 맞서

다른 사람들에 대해 연민을 갖게 되면 우리의 정신이 강인해지면서 내면의 평화를 얻을 수 있습니다. 그와 동시에 두려움은 저절로 줄어듭니다. 이것은 아주 중요한 일입니다. 두려움과 스트레스는 좌절로 이어지고, 그것은 다시 분노와 폭력으로 이어질 수 있기 때문입니다.

폭력은 파괴적인 행위라고 비난하는 것만으로는 충분하지 않습니다. 폭력을 예방하려면 그 원인들을 먼저 제거해야 합니다. 대개의 경우 두려움과 분노가 폭력의 원인입니다.

연민은 희망의 징조

과학자들은 인간이 천성적으로 연민의 감정을 갖고 있다는 결론을 내렸습니다. 이것은 희망의 징조입니다. 만일 분노가 인간의 천성이라면, 모든 것이 절망적일 테니까요.

살아가면서 문제를 만들지 않는 것도 중요하지만, 다른 사람들도 우리와 같은 인간이라는 사실을 깨닫고 그들의 행복에 관심을 갖는 것도 그 못지않게 중요합니다. 우리가 그럴 수만 있다면 서로 속이거나, 괴롭히거나, 죽일 이유가 전혀 없을 것입니다.

분노와 연민

분노는 얼핏 에너지의 원천처럼 보이기도 하지만 우리를 눈멀게 만듭니다. 또 자제력을 잃게 만듭니다. 용기를 줄 수도 있지만, 역시 용기마저 눈멀게 합니다. 순간적인 충동으로 일어나는 부정적인 감정들은 이성으로 정당화될 수 없지만, 긍정적인 감정들은 정당화될 수 있습니다.

과학자들에 따르면, 지속적인 분노와 적개심은 인체의 면역 체계를 약화시킨다고 합니다. 반면에, 내적인 힘을 강화해주는 연민은 우리의 건강에도 이롭습니다.

희망에 대한 생각

우리 삶의 목표는 행복이며, 그 행복은 희망으로 유지됩니다. 미래에 대한 보장이 전혀 없지만, 뭔가 더 나아질 것이라는 희망으로 존재하는 것입니다.

희망이란 '난 이걸 할 수 있어'라고 생각하며 앞으로 계속 나아가는 것을 의미합니다. 희망은 내적인 힘과 자신감을 심어줍니다. 또한 당신이 정직하고, 진실하고, 솔직하게 하던 일을 계속할 수 있게 해줍니다.

종교를 대하는 자세

모든 종교는 더 나은 인간을 만들어줄 잠재력을 가지고 있습니다.

오늘날 70억 인류 가운데 10억 명은 종교에 관심이 없고, 심지어 종교를 가진 사람들조차도 자신의 신앙을 그리 진지하게 받아들이지 않는 경우가 많습니다. 지금은 이런저런 종교적 전통에 의존하지 않고 내적인 가치를 키워갈 수 있는 좀 더 보편적인 접근 방식이 필요합니다.

연민의 힘

평화는 갈등이 아닌 연민을 통해,

그러니까 내면의

평화를 통해서 생겨납니다.

우리 모두에게는 연민이 필요합니다.

다른 사람들의 마음속에

연민이 꽃피게 하는 일에

여성들이 앞장설 수 있습니다.

나에게 친절과 연민을

처음 가르쳐준 스승도

내 어머니였습니다.

시간, 기억 그리고 존재 72.6×90.9cm, Oil on canvas, 2016

우리에게 닥친 문제들을

가까이서 본다면

아주 심각해 보이지만,

다른 각도에서 본다면

좀 더 현실적인

마음 자세를 가질 수 있습니다.

차이점과 공통점

나는 티베트인이고,

나는 불교도이며,

나는 달라이 라마입니다.

그러나 이런 차이점들을 강조한다면

다른 사람들과 나 사이에 높은 장벽을 쌓아

더욱 멀어지게 할 뿐입니다.

지금 우리에게 필요한 것은

우리가 다른 사람들과 똑같은 존재라는 것을

보여주는 데 더 많은 관심을 갖는 것입니다.

미래를 여는 교육

나는 21세기를 살아가는 모든 사람들에게 단호한 자세로 더 행복하고, 더 평화로운 세계를 만들어나갈 것을 호소합니다. 당신의 머리를 긍정적인 방향으로 사용해 따뜻한 마음을 기르고, 그 마음이 건설적인 변화의 촉매제가 될 수 있게 하세요.

교육 제도가 인간의 보편적인 가치에는 별 관심이 없고 물질적 목표들만 부추기는 상황에서 따뜻한 마음을 기르게 하는 것이 큰 변화를 일으킬 수 있습니다.

우리는 하나

어떻게 하면 인류가 하나라는 의식을 고양할 수 있을까요?

바로 교육을 통해서 가능합니다. 우리는 다 함께 책임감을 갖고 기후 변화, 천연자원의 고갈, 우리 모두에게 영향을 끼치는 인구 증가 같은 문제들을 해결해야 합니다.

우리의 관심을 조국에만 한정시키는 것은 시대착오적인 생각입니다. 기술 덕에 지구는 이미 하나의 공동체가 되었기 때문입니다.

더 나은 미래를 위하여

과거는 과거일 뿐

그것을 바꿀 수는 없습니다.

그러나 우리가 마음만 먹는다면

미래는 바꿀 수 있습니다.

우리는 더 행복하고, 더 평화로운

미래에 대한 비전을 개발해야 합니다.

가만히 안주하고 있을 때가 아닙니다.

희망은 우리가 행동하기에 달렸습니다.

사랑과 연민

세계의 평화는

내적인 평화 위에서만 가능합니다.

우리의 내적 평화를

깨뜨리는 것은 무기도 아니요,

외부의 위협도 아닙니다.

분노 같은 우리 내면의 결함들입니다.

그래서 사랑과 연민이 중요한 것입니다.

그것들이야말로 우리를

강하게 만들어주기 때문입니다.

믿음과 우정

우정은 돈이나 힘, 교육이나 지식이 아닌 믿음을 토대로 합니다. 우리 사이에 믿음이 있을 때 비로소 우정도 꽃피는 법입니다.

만일 우리가 진지하게 다른 사람들을 돌보고, 그들의 생명을 지켜주고, 그들의 권리를 존중한다면, 우리는 투명한 삶을 살아갈 수 있습니다. 그것이야말로 믿음의 토대이자 우정의 토대이기 때문입니다.

마음의 평화

　나는 마음의 평화란 마냥 느긋함이 아니라 오히려 또렷한 의식 속에서 지능을 최대한 활용하는 상태라고 배웠습니다.

　우리에게 닥친 문제들을 가까이서 본다면 아주 심각해 보이지만, 다른 각도에서 본다면 좀 더 현실적인 마음 자세를 가질 수 있습니다. 마음이 평온해야 우리의 지능도 제대로 발휘될 수 있습니다.

물질 만능의 세상에서

나는 우리가 다른 종교들과 조화를 꾀하고 우리 내면에 연민의 감정을 기르기 위해 개인적인 노력을 기울여야 한다고 생각합니다.

물질 만능의 세상에서 돈이 아주 중요해 보이지만, 행복한 삶을 살기 위해서는 따뜻한 마음을 기르는 일이 훨씬 더 중요합니다. 그래야 분노와 질투심으로 인해 너무도 쉽게 무너지는 내적인 평화를 유지할 수 있습니다.

행복의 원천

우리에게 행복을 가져다줄 수 있는 것은 사랑과 따뜻한 마음뿐입니다. 사랑과 따뜻한 마음이야말로 내적인 힘과 자신감을 심어주고, 두려움을 없애주고, 믿음을 키워줍니다.

우리는 사회적 동물이며 생존을 위해 서로 협력해야 합니다. 그런데 협력은 전적으로 믿음 위에서만 가능합니다. 서로에 대한 믿음이 있을 때 사람들과 하나가 되고, 모든 나라들이 하나가 되는 것입니다.

타인에 대한 관심

어떤 사람은 부유하고 힘이 있지만 믿을 만한 친구들이 없습니다. 그런 사람은 행복하지 못합니다. 또 어떤 사람은 가난하지만 믿을 만한 친구들에 둘러싸여 있습니다. 그런 사람은 늘 행복할 것입니다.

다른 사람들에게 관심을 보이는 것이야말로 좋은 친구를 만들고 우리의 이익을 실현하는 최선의 방법입니다. 인간은 사회적 동물인 만큼 따뜻한 마음으로 다른 사람들을 돌봐야 합니다. 그러기 위해서는 우리가 같은 인간으로서 공통적으로 가지고 있는 것들을 기억할 필요가 있습니다.

아이들에게서 배우다

진정한 인간적 연민이 어떤 것인지 알고 싶다면 아이들을 보세요. 자연스럽게 마음이 열려 있고 정직한 아이들은 다른 아이들의 배경이 어떻든지, 또 그 아이들의 종교나 국적이 어떻든지 전혀 개의치 않습니다. 웃으며 같이 뛰놀 수만 있다면 그만입니다.

문제가 생기기 시작하는 것은 나이 들면서부터입니다. 어른이 되면 원하는 것을 얻었을 때 비로소 웃습니다.

다른 사람들을 나와 같은 존재로 여기고 그들에게 관심을 보인다면, 그것이 바로 진정한 연민입니다.

부재의 약속 50.5×37cm, Oil on canvas, 2016

두려움과 불안함을 이기는 법

사람들을 '우리'와 '그들'로 나누는 데서 비롯되는 두려움과 불안함은 단순히 눈을 감는다거나 기도하는 것으로 쉽게 극복되지 않습니다. 믿음을 키워주고 우정과 안정감을 가져다주는 것은 다른 사람들에 대한 진정한 관심입니다.

평화와 자신감의 실제적 근원인 내적 평화는 따뜻한 마음과 다른 사람들의 행복에 대한 관심에 달려 있습니다.

연민이 평화를 부른다

어떤 사람들은

타인에 대해 연민을 갖는 것이

다른 사람들에게 도움을 주는 것이라고

잘못 생각하고 있습니다.

사실 가장 큰 도움을 받는 것은 우리 자신입니다.

연민은 우리에게 마음의 평화를 안겨줍니다.

또 주변에 친구들이 모이게 해줍니다.

우정은 믿음을 토대로 생기며,

믿음은 우리가 다른 사람들에게

관심을 보일 때 생겨납니다.

용서

용서는
자기 자신에 대한
가장 큰 사랑이자 베풂입니다.

타인에게 친절을 베푸세요.
그것은 우리가 언제나
실천할 수 있는 일입니다.

행운

사람은 늘 무언가를 가지려고 합니다.

번뇌는 바로 여기에서 일어납니다.

가진 것보다

더 많이 가지려고 하다 보면

마음이 그대로 지옥이 됩니다.

때로는 당신이 원하는 것을

얻지 못하는 것이

굉장한 행운이라는 것을 기억하십시오.

젊은 세대에게

따뜻한 마음과 연민이 그 어느 때보다 요구되는 시대입니다. 우리가 살아가는 세상은 이전보다 더욱 상호 의존적입니다. 따라서 인류 전체에 관심을 갖는 것이 우리 자신의 이익에도 부합합니다.

진정한 희망은 21세기를 살아가는 사람들 가운데서도 특히 서른 살이 안 된 젊은 세대에게 있습니다. 그들이 과거로부터 배우고 다른 미래를 만드는 일에 착수한다면, 이 세기 말에 이르러 세상은 더욱 행복하고 더욱 평화로운 곳이 될 것입니다.

마음이 평온하면

우리는 늘
이런저런 문제들에 부딪치지만,
마음이 평온하다면
모든 것이 달라질 수 있습니다.
겉보기에 아무리 화가 나 보일지라도
마음 깊은 곳에서 평온함을 유지한다면
상황이 달라질 수 있는 것입니다.

세상을 변화시키는 힘

　나는 정신적으로 또 육체적으로 우리는 다 같은 인간이라고 생각합니다. 좀 더 평화로운 세계, 좀 더 건강한 환경을 만들기 위해 우리는 이러저러한 일을 해야 한다면서 다른 사람들을 향해 손가락질을 합니다.

　그러나 무엇보다 우리 개개인이 먼저 변화해야 합니다. 만일 어떤 개인이 더 큰 연민을 갖게 된다면, 그것이 다른 사람들에게 영향을 끼칠 것이고, 그 결과 세상을 변화시킬 수 있을 것입니다.

평화로운 세상을 위하여

　지금부터 노력한다면 우리는 세상을 좀 더 평화로운 곳으로 만들 수 있습니다.

　오늘날 인구는 계속 증가하고, 기후 변화는 지구촌 곳곳에 이런저런 영향을 끼치고 있습니다. 또 우리의 파괴적인 감정들이 통제력을 벗어나면서 폭력이 발생하고 있습니다.

　인권 침해와 같은 폭력은 분노, 존중심 결여 등과 관련이 있습니다. 우리는 다른 사람들에 대한 관심과 따뜻한 마음을 가짐으로써 이런 경향들에 맞서야 합니다.

마음을 가르치는 학교

물질적인 목표들을 중시하고 내적 가치들을 경시하는 오늘날의 교육은 불완전합니다. 우리의 마음과 감정이 어떻게 움직이는지 학교에서 가르쳐야 합니다. 그것을 토대로 건강하고 행복한 개인과 가정, 공동체 그리고 사회가 될 수 있습니다.

마음을 다스리지 못한다면 단순한 지식은 별 도움이 되지 못합니다. 우리가 지금 당장 어린 학생들에게 내적 가치들을 가르치려 애쓴다면, 미래에는 더 많은 연민과 평화가 존재하는 다른 세상을 보게 될 것입니다.

인내하는 이유

시련을 만났을 때 참고 견딘다는 것은
굴복한다는 의미가 아닙니다.
우리가 인내심을 갖는 목적은 더 강한 마음,
더 강한 가슴을 갖기 위함입니다.
그러나 평온함을 유지해야 합니다.
만일 우리가 인내심을 잃고
감정에 휘둘린다면,
우리를 혼란스럽게 만드는 파괴적인
감정들을 치유할 방법을 찾아내고
지혜롭게 생각할 능력을 잃게 되기 때문입니다.

세상에서 가장 놀라운 것

어느 날 어떤 이가 나에게 물었습니다.

"존자님, 이 세상에서 가장 놀라운 것은 무엇입니까?"

내가 대답했습니다.

"세상에서 가장 놀라운 것은 사람입니다."

그가 놀란 눈으로 다시 물었습니다.

"무슨 이유입니까?"

"사람은 돈을 벌기 위해 자신의 건강을 해칩니다. 그런데 놀라운 것은 그렇게 힘들게 번 돈을 망가진 몸을 회복하기 위해 쓴다는 것입니다."

"그렇군요."

"그뿐만이 아닙니다. 미래를 걱정하다가 지금 이 순간을 즐기지도 못하고 미래도 행복하지 못합니다. 심지어 영원히 죽지 않을 것처럼 살다가 오늘 하루도 제

대로 살지 못하고 죽습니다. 그러니 사람이 가장 놀랍
지 않습니까?"

전체를 보라

모든 문제의 근원은 '좁게 봄'에 있습니다.

전체를 보지 못하면 그 속에서 편견이 생기고, 결국 편견이 진리를 보는 눈을 가려서 사람을 극단으로 몰고 갑니다.

종교를 맹목적으로 믿지만 말고 공부하세요. 종교를 바르게 알지 못하고 종교에 대한 신념만을 따르게 되면 자칫 큰 문제가 발생할 수 있습니다. 그러므로 마음공부를 통해서 바른 지혜를 얻어야 합니다.

의사가 환자의 병에 맞게 처방하듯, 종교도 그에 맞는 지혜의 가르침이 있습니다. 이를 제대로 알고 내 것으로 만들어야 바른 종교관을 가질 수 있습니다.

속지 마라

사람은 늘 분노에 휩싸이곤 합니다.

누군가로부터 속임을 당하거나 부당한 일을 당했을 때 분노합니다.

분노가 마치 자신을 보호해준다고 생각하기 쉽지만, 사실은 이 성냄이라는 놈에게 스스로 속고 있는 것입니다.

인간이라는 존재

인간은 사랑받기 위해 태어난 존재입니다.

돈과 물건은 우리 인간이 사용하기 위해 만들어낸 것에 불과합니다.

그런데 지금 이 세상은 극도로 혼돈에 빠져 있습니다. 돈과 물건이 사랑받고, 오히려 인간이 사용되고 있기 때문입니다.

예사롭지 않은 날 – 고아, 인도 77.5×49.5cm, Oil on canvas, 2014

내면의 힘을 가진 사람

타인에 대한 연민과 용서를

마음과 행동으로 실천하는 사람은

위대한 내면의 힘을 가진 사람입니다.

이와 달리 공격적인 사람은

자신의 나약함을 밖으로

내보이는 것에 지나지 않습니다.

타인으로 인해 흔들리지 않도록

내 마음이 다른 사람으로 인해 흔들려서도 안 되며, 내가 할 일을 다른 사람이 결정하도록 내버려두어서도 안 됩니다. 그리고 어떤 일이 일어났을 때는 그 일에 대해 궁금하게 생각하지 말고 왜 내게 이러한 일이 일어났는지 생각해보세요. 타인과 나를 비교하지 말고 오직 미래의 나를 위해 목표를 세우세요.

의미 있는 시간

내 곁에 머물던 옛 친구들이 사라지면

새로운 친구들을 만나게 되듯이

흐르는 시간도 마찬가지입니다.

과거는 이미 흘러갔고

우리 앞에 새로운 미래가 나타납니다.

중요한 것은

나에게 필요한 의미를

재생산하는 것입니다.

당신에게 의미 있는 친구를 만들고

당신에게 의미 있는 시간을 만드세요.

부드러운 말, 거친 말

말은 우리의 생각을 입 밖으로 내뱉는 행위입니다. '좋다' 혹은 '나쁘다', '아름답다' 혹은 '추하다'라는 생각이 좋은 언어와 나쁜 언어로 표현되는 것입니다.

그러면 생각은 어디에서 일어나는 것일까요? 모든 생각은 마음에서 일어납니다. 우리의 마음이 편안하면 좋은 생각, 그렇지 못하면 나쁜 생각이 일어납니다. 이것이 말로 표출되면 부드러운 말이 되기도 하고, 거친 말이 되기도 하는 것입니다.

두려움 없이 사는 법

인간은 마음속에 두려움을 가지고 있습니다.

'나는 어떻게 살아야 하고, 무엇을 해야 하는가?'

사실 두려움은 밖에서 오는 것이 아니라 자기 자신이 지어내는 것입니다.

인간은 다른 사람들과 대화를 하는 순간에도 끊임없이 스스로 괴로움을 만들어냅니다.

'저자가 거짓말을 하고 있는 것은 아닐까? 나한테서 무엇을 얻으려는 걸까?'

끊임없이 솟아나는 의심에 사로잡혀 스스로 두려움을 만들고, 마음속에 독버섯을 키워가고 있습니다.

우리의 마음은 본래 하늘같이 맑고 바다같이 넓습니다. 그런데 의심과 집착이 마음을 끝없이 조여가고

있습니다. 의심과 집착을 내려놓고 이런 마음을 가져
보세요.

'내가 행복을 바라듯이 당신도 행복해야 합니다. 내
가 불행을 원하지 않듯이 당신도 불행해지면 안 됩니
다. 그러므로 우리는 같은 존재입니다.'

이런 마음으로 타인을 대한다면 두려움에서 벗어날
수 있습니다. 스스로 두려움을 만드는 것은 나를 사랑
하지 않는 것입니다.

행복은 어떻게 오는가

사람들은 착각 속에서 살아가고 있습니다.

"나는 마음의 평화와 행복을 원한다"고 말하지만 정작 행복의 원천에 대해서는 등한시합니다. 뿐만 아니라 '나의 법과 당신의 법, 나의 종교와 당신의 종교, 나의 것과 당신의 것'으로 끊임없이 나와 남을 분별합니다. 이것이 모든 문제의 원인입니다. 그럴수록 행복은 점점 멀어질 수밖에 없습니다.

사람들은 재물을 몹시 좋아합니다. 돈만 있으면 행복할 것이라고 이야기하지만 정말 그럴까요?

살다 보면 인생은 결국 하나로 귀결됩니다. 늙음, 병듦 그리고 죽음입니다. 그 앞에서는 재물도 권력도 아무 소용이 없습니다. 그렇다면 무엇이 우리를 행복하게 해줄까요?

사람들은 행복하기 위해서 돈을 벌고 부를 축적한다고 말합니다. 그런데 모으기만 하고 제대로 쓰지 않으면 어떻게 될까요? 인색한 사람이 될 뿐만 아니라 그것이 불행의 씨앗이 되기도 합니다.

　재물은 우리의 마음을 변화시킬 수 없습니다. 그러므로 마음을 변화시켜 나를 행복하게 하는 것이 무엇인지 잘 살피고 증명하는 일이 중요합니다.

　현대 교육에서 매우 안타까운 점은 아이들에게 행복에 대해 제대로 가르쳐주지 않는다는 것입니다. 그저 돈과 명예, 물질적 풍요에 대해서만 일러줄 뿐입니다. 그런 아이들이 자라서 부와 명예를 좇는 어른이 됩니다. 바른 가르침을 통해 아이들에게 진실로 행복해지는 법에 대해 가르쳐주세요.

행복의 조건

우리는 어떤 일을 겪었을 때, 일시적으로 일어나는 감정에 따라서 행복 혹은 불행을 느낍니다. 이는 전적으로 우리의 마음에 달렸습니다. 그렇다면 마음 그 자체가 행복과 불행을 만들어내는 것일까요?

우리가 느끼는 감정은 원인과 조건에 따라 여러 가지로 변합니다.

여기에 하나의 대상이 있습니다. 그것이 아름답게 보이고 호감이 간다면 사람들은 자연스럽게 행복감을 느낍니다. 반대로 그 대상이 추하다면 어떨까요? 당장 불쾌감을 느낄 것입니다. 즉 마음에서 '아름답다' 혹은 '추하다'라는 감정이 생겨나고, 그것이 원인과 조건이 되어 눈·코·입·혀·몸·생각이라는 육근六根을 통해서 행복과 불행으로 나타납니다.

사람들은 돈이나 명예, 지식 등에 따라 인생이 판가름 난다고 생각하고 오직 그것을 통해 행복을 구하려고 합니다. 그러나 이것은 우리가 범하기 쉬운 생각의 오류입니다.

  만약 당신이 외부에서 행복을 구하려고 한다면, 결코 얻을 수 없음을 이제는 자각해야 합니다. 행복과 불행을 결정짓는 원인과 조건들을 살펴보면 그것들은 모두 밖이 아니라 우리의 마음 안에 있음을 알게 됩니다.

억만장자의 고민

내가 만난 이들 중에는 부유한 사람들이 꽤 많습니다. 그들은 대부분 억만장자입니다. 그들을 만나서 대화를 나누다 보면, 그들도 엄청난 괴로움과 고통을 겪고 있음을 알 수 있습니다. 그들이 괴로움을 토로할 때마다 새삼 느끼게 됩니다.

몇몇 억만장자는 단호히 말했습니다.

"존자님, 돈과 명예를 가졌으니 사람들은 제가 행복하다고 생각하지만, 사실 저는 더 많이 괴롭습니다. 많이 가지면 가질수록 괴로움이 그에 비례하거든요."

행복의 조건은 물질에 있지 않다는 것을 억만장자들을 보면 알 수 있습니다. 반대로, 비록 가난하고 명예도 없지만 행복한 이들은 얼마든지 많습니다. 우리가 느끼는 행복과 불행은 부와 가난, 명예에 달려 있지 않습니다. 재물이 많으면 짐승과 다름없이 오감을 통해 쾌락을 누릴 수 있겠지만, 진정한 행복은 거기에서 오지 않습니다.

마음의 행복을 위해서 자신만의 길을 찾아가세요. 비록 그 길이 험하고 고되다 할지라도.

사람의 본성

아동심리학을 전공하는 선생님들이 나에게 두 장의 그림을 보여주었습니다. 한 장은 사람들이 서로서로 돕는 그림이었고, 또 한 장은 서로 다투는 그림이었습니다. 그들은 이 그림을 갓난아기들에게 보여주고 어떤 반응을 보이는지 실험했다고 합니다.

실험 결과, 아기들은 대부분 서로 돕는 그림을 보고 좋아했습니다. 이 실험을 통해 우리는 서로서로 도우려는 선한 마음이 사람의 본성이라는 것을 확인할 수 있습니다. 바로 이 때문에 우리에겐 희망이 있습니다.

우리의 본성은 남을 해롭게 하거나 남에게 피해를 주는 것을 싫어합니다. 그러므로 아이들이 따뜻한 마음, 사랑스런 마음을 잘 간직하여 훌륭한 사람으로 성장할 수 있도록 인도해야 합니다. 서로 돕는 마음과 따뜻한 마음을 낼 때 가족이 화목하고, 이웃이 화목하며, 나아가 온 세상이 평화로워집니다.

부재의 사색 22,8×31,8cm, Oil on canvas, 2011

차별 없는 세상을 위하여

우리는 습관적으로 나와 남을 차별합니다.

만약 누군가에게 도움을 청하거나 다른 사람이 도움을 요청할 때 그 사람의 종교가 무엇인지, 어떤 인종인지, 어느 나라 사람인지 굳이 따질 필요가 있을까요? 그런데도 사람들은 '같은 종교인이니 도와줘야 한다' 혹은 '피부색이 다르니 내가 도와줘봐야 이익 될 것이 없다'라는 식으로 나와 남을 구분 짓고 차별합니다.

자라나는 아이들에게 올바른 교육을 통해서 사람은 공존한다는 생각을 심어줘야 합니다. 그래야 나와 남을 차별하지 않는 아이로 자라고, 그렇게 해서 서로 돕는 아름다운 세상이 만들어집니다.

진정한 평화를 원한다면

몸이 아프거나 마음이 힘들 때 우리는 안정을 취하고자 합니다. 그러려면 몸과 마음을 편안하게 해야 합니다. 몸은 쉬고 있어도 계속 많은 생각을 하고 분별을 쉬지 못한다면 제대로 안정을 취한다고 말할 수 없습니다.

우리는 나 자신을 매우 소중하게 여깁니다. 그렇기 때문에 '나'와 '너'를 분별하게 됩니다. 하지만 남도 나도 다 같이 소중한 존재이고, 행복을 바라기는 마찬가지라고 생각한다면, 나에 대해 집착하는 마음이 조금은 줄어들 것입니다. 더불어 살아가는 세상에서 오직 나만을 생각한다면 그것은 불행을 자초하는 일입니다.

마음속에 사랑과 자비가 충만할 때 비로소 심신이 안정되고, 진정한 평화가 찾아옵니다.

사랑이라고 말하는 것들

마음을 혼란스럽게 하는 것, 내면을 괴롭히는 것들을 우리는 번뇌라고 합니다. 번뇌에 시달리는 사람들을 보면 표정이 어둡습니다. 그들을 괴롭히는 번뇌의 직접적 원인이 되는 것은 탐욕입니다.

사람은 누구나 탐욕으로부터 자유롭지 못합니다. 탐욕으로 인해서 대상에 대한 집착이 생겨나고, 마침내 큰 다툼이 일어나기도 합니다. 여기서 우리는 탐욕을 사랑이라고 착각하지 않아야 합니다.

하나의 대상을 보고서 거기에 집착하는 것, 그 대상의 좋은 면만을 보고자 하는 것은 사랑이 아니라 탐욕입니다. 부부간의 사랑도 조금만 살펴보면 사실은 탐욕에 더 가깝습니다.

내가 사랑이라고 말하는 것들은 탐욕을 기반으로

하지 않습니다. 탐욕을 기반으로 하면 상대방의 좋은 면만을 바라기 때문에 어느 날 그 좋은 면이 사라지면 괴로움이 시작됩니다. 탐욕을 기반으로 하는 사랑은 잠시 유지되는 것처럼 보일 뿐 지속될 수 없습니다. 그런 사랑은 마음에 평안과 행복을 가져다주지도 않습니다.

우리는 진정한 사랑이 무엇이며 탐욕이 무엇인지 구별해야 합니다. 사랑이란 남을 아끼는 마음, 배려하는 마음입니다. 좋은 면만 바라는 것이 아니라 상대의 모든 면을 끌어안는 마음입니다.

함께 살아가는 이유

어느 날 인도 뭄바이에 사는 부자가 나를 찾아와 축원을 해달라고 간곡히 부탁했습니다. 나는 그에게 이렇게 말했습니다.

"나는 그럴 힘이 없으니 축원을 부탁하지 마십시오. 붓다의 가피는 내가 아니라 당신 손으로 받을 수 있습니다. 당신이 뭄바이의 가난한 사람들을 도운다면 그로 인해 큰 가피를 받을 것입니다."

축복과 가피는 누군가로부터 받는 것이 아니라, 스스로 베풀고 나눔으로써 받는다는 것을 알아야 합니다.

아프리카의 큰 도시에 사는 유럽인들은 굉장히 부유한 생활을 하고 있습니다. 그에 비해 아프리카 빈곤국가에 사는 사람들은 감히 상상할 수도 없을 만큼 힘

겹게 살아가고 있습니다. 어머니의 품에 안긴 아기들의 앙상한 모습을 보면서 나는 눈시울을 적셨습니다. 문명의 시대인 21세기에 살고 있지만, 그들은 전혀 다른 시대를 사는 것처럼 보였습니다.

삶의 기쁨은 우리가 스스로 만들어내는 것입니다. 어려운 이들을 아낌없이 도와서 그들이 가난과 배고픔에서 벗어나는 것을 지켜본다면 말로 표현하기 힘든 기쁨을 맛볼 수 있습니다. 그렇게 온정을 받은 아이들은 훌륭하게 자라나서 다시 가난한 이들을 위해 마음을 나눌 것입니다. 이것이 우리가 세상을 함께 살아가는 이유입니다.

행복할 권리

우리는 누구나 행복할 권리가 있습니다. 그리고 가난한 사람들을 따뜻하게 돌봐줘야 할 도덕적 책임이 우리에게 있습니다.

세계 인구의 절반은 식량, 의료, 교육 등 인간이 기본적으로 누려야 할 권리를 제대로 누리지 못하고 있습니다. 힘 있는 자들이 약하고 소외된 이들을 짓밟고 있기 때문입니다. 왜 그들은 모든 인간이 마땅히 누려야 할 행복할 권리를 빼앗고 있는 것일까요? 다 같이 생각해야 할 문제가 아닐까요?

가장 힘센 사람

이 세상에서 가장 힘이 센 사람은

중국 공산당도 아니고

미국 대통령도 아니고

러시아 대통령도 아닙니다.

바로 사랑과 자비를 가진 당신입니다.

세상의 모든 결정은

그 바탕 위에서 이루어져야 합니다.

평화를 위한 기도

돈을 벌기 위해 건강을

희생하는 것은 어리석은 일입니다.

돈이 많으면

행복할 것이라 생각하는 사람은

현재도 미래도 행복하지 못합니다.

삶이 영원할 것처럼 생각하고

물질에 집착하는 사람은

제대로 살아보지도 못하고

생을 허무하게 마칠 수 있습니다.

진정으로 우리가 해야 할 일은

마음의 평화를 찾는 것입니다.

값진 인생

인생을 보람되게 살려면
인생을 값지게 만들어야 합니다.

마음 수행을 통해서
나를 괴롭히는 것들과
고통스럽게 하는 것들을 떨쳐내고
마음에 행복이 깃들게 해야 합니다.
이것이 값지게 사는 인생입니다.

좋았던 시절은 우리의 적입니다.

우리를 잠들게 하기 때문입니다.

고난은 우리의 친구입니다.

우리를 깨어나게 하기 때문입니다.

예사롭지 않은 날 50.1×75.2cm, Oil on canvas, 2002

지구를 지탱하는 사람

햇빛이 내리쬐는
당신의 발밑을 내려다보세요.
그림자가 보이지요?
그것은 누구의 것인가요?
바로 당신의 그림자입니다.

당신이 지구에서 사라지면
당신의 그림자도 사라집니다.
그러니 당신은
이 지구를 지탱하는
소중한 사람입니다.

아침의 성찰

매일 아침
눈을 뜨면서 생각하세요.
내가 지금 눈을 뜨는 게
얼마나 큰 행운인가를.

내가 지금 살아 있고
소중한 인생을 누리고 있으니
오늘 하루를
그냥 낭비하지 마세요.

사랑을 표현하는 법

작은 벌레들은 우리가 괴롭히지 않는다면 도망가지 않습니다. 짐승들도 우리와 대화할 수는 없지만 사랑하고 아껴주면 꼬리를 흔들며 다가옵니다. 이것이 바로 사랑의 표현입니다.

어릴 적 나의 집에서는 작은 앵무새들을 키웠습니다. 당시 나에게 글을 가르치던 선생님이 있었는데, 늘 앵무새들에게 줄 먹이를 가지고 오셨어요.

어느 날 선생님이 멀리서 걸어오자 앵무새들이 먼저 알고 날개를 파닥이면서 방 안을 이리저리 날아다니는 게 아니겠어요. 선생님의 발걸음 소리만 듣고도 그분이 오신다는 걸 알았던 것입니다.

선생님이 머리를 쓰다듬어주면 앵무새들은 어쩔 줄 모르고 좋아했어요. 어린 나는 그 모습을 보고 굉장한 질투심을 느꼈습니다.

　그 후로 나는 앵무새들의 사랑을 독차지하려고 며칠 동안 먹이를 챙겨주었어요. 그런데도 새들은 나에게 냉랭하게 굴었고, 나는 그게 너무 서운해서 새들을 때리기도 했어요. 그럴수록 우리 사이는 더욱 멀어질 뿐이었지요. 그때 나는 짐승도 사랑하고 아껴주면 그 마음을 느낀다는 걸 알게 되었습니다.

　사랑은 많은 시간과 정성을 필요로 합니다. 사랑은 주고받는 것이라고 말하는 사람도 있지만, 온전한 사랑은 희생을 필요로 합니다. 그것이 사랑이고 자비가 아닐까요?

진정한 사랑이란

생명의 탄생은 경이로움 그 자체입니다.

내가 만난 어떤 의사는 이렇게 말했습니다.

"아기를 잉태한 어머니는 오직 아기의 건강과 평안만을 생각합니다. 그래서 아기는 어머니 뱃속에서 열 달 동안 더없이 평온하고 안정된 시간을 보냅니다. 또 세상에 나와서도 어머니의 지극한 보살핌을 받으며 짧은 기간에 빠르게 성장합니다."

아기의 발육에 대해 과학자들은 이런 연구 결과를 내놓았습니다.

"어머니들은 아기에게 모유를 먹이느냐 분유를 먹이느냐에 따라 발육 속도에 확연한 차이가 난다고 생각하지만 그것은 잘못 알고 있는 것입니다. 중요한 것은 어머니가 아기를 안고 젖을 직접 먹여주는가, 즉 얼마나 지극하게 보살피는가 하는 것입니다. 어머니가 아기를 안고 젖을 직접 먹여주면 아기의 뇌 활동이 활발해져 발육 속도가 빨라집니다. 특히 생후 약 3주가 가장 중요한 시기입니다."

신비롭게도 아기는 생후 약 3주 동안 자신에게 필요한 모든 것을 얻는다고 합니다.

사랑이란 어머니가 아기에게 젖을 물려주듯, 아무 대가를 바라지 않는 행위입니다. 진정한 사랑이란 이런 것입니다. 어머니의 지극한 보살핌이 없다면 아기는 건강하게 성장할 수 없습니다. 그 어떤 존재도 마찬가지입니다. 이것이 대자연의 사랑이고, 이것이 진리입니다. 그러니 살아 있는 모든 것을 아끼고 사랑하세요.

날마다 새롭게

하루아침에 나를 바꾸기란 힘들지만 생각과 마음을 서서히 변화시킬 수는 있습니다. 중요한 것은 날마다 새롭게 태어나겠다는 강한 의지입니다.

지금 이대로 머물 것인가, 아니면 새롭게 태어날 것인가?

이것은 전적으로 당신에게 달려 있습니다. 이전에 당신이 가졌던 잘못된 생각들을 서서히 끊어내고 지혜를 키워가야 합니다. 이렇게 날마다 내 마음을 바꾸는 수행을 한다면, 어느 날 새롭게 태어난 자신을 발견하게 될 것입니다.

다만, 이제 겨우

수십 년을 치열하게
수행하고 난 지금에야
겨우 새의 깃털만큼
공성空性을 깨친 것 같습니다.
알면 알수록 미묘한 법이
붓다의 진리입니다.

2부

붓다와 나

내가 행복을 바라듯이 당신도 행복해야 합니다.

내가 불행을 원하지 않듯이

당신도 불행해지면 안 됩니다.

그러므로 우리는 같은 존재입니다.

시간, 기억 그리고 존재 – 감포, 한국 77.6×104cm, Oil on canvas, 2013

바른 믿음

　아주 먼 옛날 우리의 조상들은 밤이 오면 공포를 느끼고 어둠을 두려워했습니다. 동이 트고 해가 떠오르면 비로소 안도했지요. 그래서 몇천 년 전 인류는 태양과 불을 숭배했습니다.

　하지만 세월이 흐르면서 인간의 지능이 점점 발달하여 지성이 생기고부터는 태양과 불이 아니라 자신들이 의지할 존재에 대해 고뇌하기 시작합니다.

　'나는 왜 이런 고통을 받는가?'
　'이 고통을 없애려면 어디에 의지해야 하는가?'

　이런 깊은 고뇌 끝에 탄생한 것이 바로 신이라는 존재입니다. 오늘날 기독교와 이슬람교를 비롯해 무수한 종교로 발전하게 되지요. 그들은 신을 영원불멸의 존재로 인식했습니다. 신이 이 세상을 창조하고 모든 결과를 낳았다고 주장했지요.

기독교와 이슬람교는 창조주의 존재를 인정하는데, 이러한 신념은 인류의 발전에 큰 도움이 되었습니다. 종교는 기본적으로 사랑과 자비를 바탕으로 하기 때문입니다. 창조주를 믿는 종교인들은 '조물주가 사랑을 바탕으로 인간을 창조했다'고 믿습니다. 따라서 사랑이란 인류를 평화롭게 해주는 위대한 본질임을 부인할 수 없습니다.

이 땅에 존재하는 모든 종교는 지금까지도 사랑과 자비를 강조합니다. 그러므로 어떤 종교가 옳다 혹은 그르다 분별해서는 안 됩니다. 이것이 바른 믿음의 시작입니다.

붓다가 깨친 법

인간이라면 누구도 태어나서 죽을 때까지 고통을 피해 갈 수 없습니다. 붓다께서는 일찍이 태어남의 고통, 나이 듦의 고통, 병듦의 고통, 죽음의 고통에 대해 말씀하셨습니다.

지구에는 우리가 눈으로 볼 수 있는 다양한 생물종과 눈으로 볼 수 없는 무수한 생명체가 살고 있습니다. 그들도 고통에서 벗어나기 위해 몸부림치지만 우리 인간이 느끼는 감정만큼 다양하고 복잡하진 않습니다.

인간은 사유하는 능력을 가졌기에 고통과 불행에서 벗어나기 위해 온갖 방법을 고민합니다. 그럼 인간의 사유는 어디에서 비롯되는 것일까요? 그 근원은 우리의 마음입니다. 그래서 마음을 다스리는 법이 필요한

데, 그것이 바로 붓다가 깨친 법입니다. 그러므로 불법佛法은 마음을 다스려서 생로병사의 고통을 줄일 수 있는 방법을 가르쳐주는 붓다의 지혜입니다.

보살핌의 씨앗

이 세상에서 가장 중요한 것은 씨앗입니다. 만약 씨앗이 없다면 세상에는 아무것도 남지 않겠지요. 인간이든, 짐승이든, 식물이든 씨앗은 종을 유지하게 해주는 매우 중요한 요소입니다.

특히 인간은 여느 생명체와 달리 중요한 씨앗이 필요합니다. 바로 '보살핌의 씨앗'입니다.

어떤 새들은 암수가 새끼들을 본능적으로 품고 있다가 때가 되면 둥지를 떠나보냅니다. 여기에도 무조건적인 사랑이 필요합니다. 이때 어미 새들이 어떤 대가를 바라던가요? 오직 사랑이라는 행위를 통해서 스스로 행복감과 만족감을 느끼지요. 그 밑바탕에 깔린 것이 사랑과 자비의 씨앗입니다.

우리 인간도 어려움에 처했을 때, 나를 보살펴줄 절대적인 의지처가 필요합니다. 그가 누구일까요? 기독교인에겐 예수님이요, 이슬람교인에겐 알라요, 불자에겐 붓다입니다.

　마치 어미가 새끼를 보살피듯 인간에게도 무조건적인 '보살핌의 씨앗'이 필요합니다. 그것이 바로 사랑과 자비라는 종교적 가르침입니다.

나와 다름을 인정하기

세상에는 다양한 종교가 존재합니다. 그런데 종교가 다르다고 해서 편 가르는 사람이 의외로 많습니다. '당신은 나와 종교가 다르니 결코 내 편이 될 수 없다' 라는 식으로 말이지요. 참으로 어리석은 생각입니다.

오늘날 종교가 다르다는 이유로 타인에게 폭력을 일삼고, 심지어 죽이는 일들이 지구 곳곳에서 빈번하게 일어나고 있습니다.

붓다의 법을 믿고 그 진리의 말씀을 내 것으로 받아들이고자 한다면, 다른 종교도 존중해야 합니다.

붓다께서는 깨달음을 얻은 뒤 49년 동안 자신의 사상을 다양하게 설파하셨습니다. 하지만 제자들은 자신의 근기에 따라 그 말씀을 저마다 다르게 받아들였습니다. 그래서 불교에 여러 갈래가 생겨난 것입니다.

하지만 이것은 관점의 차이일 뿐이므로 나와 견해가 다르다고 해서 결코 대립해서는 안 됩니다.

붓다께서 ´중생의 근기에 맞춰서 법을 설하신 것처럼, 타인과 나의 근기가 다르고 종교관이 다르다는 것을 인정하고 상대를 배려해야 합니다.

한 부모 밑에서 태어난 자식들이라 하더라도 생김새와 생각이 다 다릅니다. 붓다의 사상도 받아들이는 제자들에 따라 여러 갈래로 나뉩니다. 중생의 근기가 저마다 다르기 때문입니다.

이 세상에 다양한 종교가 있다는 것은 매우 좋은 일입니다. 모든 종교의 바탕이 사랑과 자비이기 때문입니다.

붓다의 법을 배우는 까닭

70억 인류 가운데 10억 명이 종교가 없는 무신론자라고 합니다.

종교를 갖는 것은 '도덕적 삶을 살겠다'는 것을 뜻하지만 종교가 없다고 해서 '도덕적 삶을 살지 않겠다'는 것은 아닙니다. 무신론자들에게도 세속적인 윤리와 도덕적인 삶이 있습니다. 그렇기에 사회의 안정과 행복을 위해서도 그들을 존중해야 합니다.

오늘날 인류는 서로 반목하며 타인을 존중하고 배려하는 마음이 부족합니다. 종교적인 문제로 서로 죽이고 죽는 일련의 비극이 끊임없이 벌어지고 있습니다. 같은 인간으로서 서로를 존중하는 마음이 없다는 뜻입니다.

어떤 이는 종교를 가졌고, 어떤 이는 종교가 없고,

또 어떤 이는 나와 다른 종교를 믿는다는 차별심과 분별심이 비극의 원인입니다. 남을 배려하는 마음이 애초에 없기 때문에 다툼이 끊임없이 일어나는 것입니다.

우리가 붓다의 법을 배우는 까닭은 분별심과 차별심을 내려놓기 위함입니다. '너는 너', '나는 나'라는 분별심을 내려놓지 못하면, 어느 날 갑자기 마음속에 있던 사랑과 자비심이 사라지고 분노만이 자리하게 될지 모릅니다.

바른 공부

　서양에서는 최근 불교에 큰 관심을 가지고 불교 사상을 공부하려는 사람들이 증가하고 있습니다. 그런데 아시아의 불교 국가들은 불상을 크게 조성하는 데만 신경 쓰고, 붓다의 가르침은 별로 중요하게 여기지 않는 것 같습니다.

　티베트도 마찬가지입니다. 집안에 큰 불상을 모셔두고 수시로 참배하지만 부처님의 가르침이 담긴 경전은 뒷방에 고이 모셔놓는 것을 종종 봅니다. 붓다의 법을 배우면서도 오직 신심에만 몰입하고 있기 때문입니다.

　과학 문명이 발달한 21세기의 불자라면 붓다가 누구이며, 그의 가르침은 무엇인지, 어떻게 수행해야 하는지 공부해야 합니다. 그럼으로써 나도 붓다의 길을

갈 수 있다는 확신이 생겨나고, 깨달음에 대한 절대적
인 믿음이 생겨나는 법입니다.

학생들이 교과서를 배우듯이 불자들도 붓다의 가르
침인 경전을 배워야 합니다. 이것이 바른 불교 공부입
니다.

인연의 끈

사람은 누구나 눈에 보이지 않는
단단한 인연의 끈으로 묶여 있습니다.
너와 나는 둘이 아니라
하나라는 뜻입니다.
오직 나만을 생각하고
나만의 행복을 원한다면,
불행의 나락으로 떨어지는
원인이 됩니다.
내가 남을 돕지 않는다면,
자기 자신도 도울 수 없는 존재가
바로 사람인 까닭입니다.

부재 150.5×100cm, Oil on canvas, 2012

공정한 마음

붓다께서는 말씀하셨습니다.

"비구들이여. 마치 연금술사가 금을 정제해서 잘라 보거나 태워보거나 긁어보는 것처럼, 너희도 내가 설한 법을 두루 살펴보아야 한다. 그래서 이것이 정말로 내 마음을 변화시킬 수 있는가, 실질적으로 내 마음을 변화시켜주고 있는가를 살핀 다음에 나의 법을 믿고 따르고 의지하라."

붓다의 가르침을 받아들일 때 지녀야 할 마음가짐은 '공정한 마음'입니다. 붓다의 가르침이 과연 그러한가, 그 가르침이 어디에 바탕을 두고 있는가를 먼저 생각해야 합니다.

나 또한 오래전부터 붓다의 가르침을 무조건적으로 받아들이지 않고 공정한 마음으로 그 말씀이 타당한

지 먼저 살핀 뒤에 이를 배우려고 애썼습니다.

일찍이 티베트의 총카파 스님께서 말씀하셨습니다.

"공정한 마음은 무엇이 옳고 그른지 살피는 마음이다. 그 법을 배우려는 자는 강한 의지가 있어야 한다."

붓다의 가르침뿐만 아니라 스님들의 법문을 들을 때도 공정한 마음으로 무엇이 옳고 그른지 살피는 지혜가 필요합니다.

예를 들어 '이것이 있으므로 저것이 있다'라는 붓다의 인과법이 실제 경험에서 벗어나 모순으로 다가온다면, 곧이곧대로 받아들일 수 없습니다. 아무리 수승한 가르침이라 할지라도 공정한 마음으로 스스로 살피시 않으면 안 됩니다. 붓다의 가르침은 무조건 나의 법을 믿으라고 신심을 강요하는 것이 아니기 때문입니다.

어떤 불자인가

나는 사람들에게 가끔 묻곤 합니다.

"당신은 어떤 불자인가요?"

그러면 대개 이런 대답이 돌아옵니다.

"저는 대승 불자입니다."

내가 다시 묻습니다.

"그럼 대승법은 무엇입니까?"

십중팔구는 아무 말도 못 하고 어안이 벙벙한 상태로 있는 경우가 많습니다. 붓다의 가르침을 제대로 배우고 공부하지 않았기 때문입니다.

힌두교에서는 나쁜 기운을 몰아내기 위해 '호마공양'이라는 것을 합니다. 그들이 호마공양을 올릴 때 만다라를 그리는 모습이 티베트 밀교에서 수행하는 모습과 매우 흡사했습니다. 또 불교에서 호마공양을 할 때 손가락을 드는 것처럼 힌두교도들도 그렇게 했습니다. 힌두교와 불교의 의식이 별반 다르지 않았습니다.

붓다의 법을 모르고 수행한다면 다른 종교와 별반 다르지 않습니다. 불자라면 붓다의 법을 제대로 아는 것이 기본입니다.

공성에 대하여

한국에서 오신 스님들과 불자들이 이런 질문을 했습니다.

"자신이 공성空性을 깨달았다는 것을 어떻게 알 수 있습니까?"

나는 이렇게 대답했습니다.

"공성이란 '어떤 것도 없다'는 뜻이 아닙니다. 고찰하고 분석해서 대상에 실체가 있는가 없는가, 그런 것을 먼저 봐서는 안 된다는 말입니다. '나는 과연 존재하는가' 이것을 살펴야만 합니다.

예를 들면, 법상에 앉아 있는 나를 보고서 '달라이 라마가 저기 앉아 있구나. 그런데 그를 지켜보고 있는 나는 누구인가? 저분은 달라이 라마이고 나는 한국 스님이다'라고 생각하는 그 자체가 바로 환幻입니다. 한국 스님인 '나'라는 존재는 지금 어디에 있나요? 한국어로 말하는 당신은 과연 어디에 있나요? 한국 스님이라고 생각하는 자신을 지금 찾을 수 있나요?"

　나의 질문에 한국 스님은 묵묵부답이었습니다.

　나라는 존재의 실체가 무엇인가 살펴보면, 그 어떤 것도 이것이 나라고 할 만한 것이 없습니다. 오로지 다른 것에 의존함으로써 존재할 뿐, 나라는 그 자체로 고유성을 가질 수 없음을 깨달아야 합니다.

붓다는 여디에 있는가

붓다는 어디에 있을까요?

우리 마음속에 있을까요?

우리는 붓다의 형상을 찾을 수 없습니다. 다만 바깥 경계로서만 '붓다가 존재한다' 혹은 '존재하지 않는다'라는 의식을 가지고 있을 뿐입니다. 그러므로 진정한 붓다를 만나려면 '애초부터 붓다는 없다'라는 자유로운 생각에서 출발해야 합니다.

'붓다가 있다'라는 관념은 우리 마음이 자꾸 붓다를 생각하고 집착하는 데서 생겨납니다. 이러한 집착은 '붓다가 진실로 있어야만 한다' 혹은 '붓다가 진실로 존재할 수밖에 없다'라는 생각을 이끌어냅니다. 이러한 생각도 관념이 지어낸 것일 뿐입니다.

우리가 생각하는 붓다는 그 형상이 없습니다. 이러한 생각으로 붓다에게 접근하는 것이 '공성 수행'의 한 방법입니다.

때가 무르익지 않았다면

붓다께서는 말씀하셨습니다.

"법을 받아들일 준비가 되지 않은 사람에게는 법을 전하지 말고 잠시 기다려야 한다."

일곱 살 아이에게 어려운 수학을 가르치면 이해할 수 없듯이, 붓다의 법도 때가 되어야만 받아들일 수 있습니다. 듣는 사람의 근기가 아직 무르익지 않았을 때는 '그냥 그대로 바라보아야 한다'는 뜻입니다.

차라리 그들에게는 깊은 진리의 가르침보다는 붓다의 자비심을 알려주는 게 큰 도움이 됩니다. 준비되지 않은 사람에게 '붓다의 가르침과 법은 이런 것'이라고 주입하려다 보면 법에 대해 이해하기는커녕 오히려 반감을 품게 됩니다.

상대방을 배려한다는 것은 그 사람의 처지와 마음을 이해한다는 뜻입니다. 지금 당장 상대방이 받아들일 준비가 되어 있지 않더라도 사랑과 자비, 미소로써 그를 대한다면 언젠가는 마음의 문을 열 것입니다.

보살의 마음

나는 남에게 사랑과 자비를 베푸는 사람들을 보면 한없는 충만감을 느낍니다. 그런 사람들은 설령 큰 불행이 닥쳐온다고 하더라도 능히 이겨낼 수 있는 힘을 지니고 있습니다.

그들은 불행을 피하지 않고 '나는 견뎌낼 수 있다', '모든 것을 감수하리라'는 마음을 가지고 있기 때문입니다. 이 마음은 남을 사랑하는 자비심에서 비롯되는 것입니다. 불교적으로 보면 중생의 고통을 대신 아파하고 그들을 구제하겠다는 '보살의 마음'이라 할 수 있습니다.

사람과 짐승이 느끼는 행복은 확연히 다릅니다. 짐승은 오감이 충족되면 만족하지만 사람은 오감뿐만 아니라 마음에서 행복을 느낍니다. 짐승과 달리 사람은 마음을 어떻게 쓰느냐에 따라서 행복과 불행이 확연하게 나뉩니다.

행복하려면 타인에 대해 자비심을 가지세요.

나에게는 장엄한 절도,

복잡한 철학도 필요 없습니다.

나의 머리와 마음이 절이고,

친절함이 나의 철학입니다.

부재의 사연 – 케미, 핀란드 113×168.5cm, Oil on canvas, 2015

마음의 작용

예전에 몇몇 미국 의사들과 만난 자리에서 내가 이런 이야기를 했습니다.

"설령 몸에 병이 없다 하더라도 사소한 괴로움이나 번뇌 망상으로 인해 몸과 마음이 병들 수 있고, 나중에 큰 병으로 이어질 수도 있습니다."

의사들은 전적으로 내 말에 동의했습니다. 현대 과학에서는 이를 스트레스라고 합니다.

마음의 변화는 곧 육신의 변화로 이어집니다. 마음이 불행하면 병이 생기고, 마음이 행복하면 병도 호전될 수 있습니다.

행복에 관한 여러 가지 견해 가운데 그래도 가장 공정한 주장을 하는 사람은 과학자라고 생각합니다.

과거에 과학자들은 "육신의 감각을 통해서 마음이

작용한다"고 주장했습니다. 하지만 최근 들어 다양한 뇌신경 실험을 통해서 인간의 행복은 마음 상태에 좌우된다는 것이 밝혀졌습니다. 그러니까 행복은 우리의 마음에 달렸다는 결론이지요. 이것이 우리가 마음을 잘 다스려야 하는 이유입니다.

법을 받아들이는 자세

붓다의 법을 전할 때 주의할 것이 있습니다. 누군가에게 불교를 전하면서 무조건 "붓다의 법은 위대하다"고 선전해서는 곤란합니다.

법을 받아들이는 사람은 '붓다의 가르침이 과연 이치에 맞고 현실적인 것인가? 불교가 내 마음에 어떤 변화를 줄 수 있는가?'를 곰곰이 생각한 뒤에 그것을 받아들여야 합니다. 그래야만 붓다의 법을 배우는 동안 희열과 행복을 느낄 수 있고 수행의 성취도 높아집니다.

붓다의 법이 아무리 위대하다고 할지라도 그것을 무조건 받아들이지 말고 그 가르침이 무엇이고, 나에게 어떤 도움이 될 수 있는가를 먼저 생각해야 합니다. 그렇지 않으면 엉뚱한 곳으로 빠져서 성불은커녕 외도의 길로 갈 수도 있습니다.

삼독에 대하여

붓다께서는 우리의 평화와 행복을 무너뜨리는 원인이 번뇌라고 말씀하셨습니다. 번뇌에는 탐貪·진嗔·치癡 삼독이 있는데 그중에서도 가장 큰 영향을 끼치는 것이 탐욕이라고 합니다. 탐욕이 '너'와 '나'라는 경계를 만들어 끊임없는 괴로움을 키워간다고 하셨습니다. 탐욕이 일어나면 대상의 좋은 면만을 보고 과대평가하게 됩니다. 우리를 그렇게 만드는 것이 분별과 망상입니다.

삼독은 바로 그런 무명無明에서 비롯됩니다. 그러니까 무명이 번뇌의 씨앗입니다. 인도의 성자인 용수보살이 말했듯이, 탐·진·치 삼독으로부터 법을 지키는 이가 진정한 수행자이고, 최상의 법에 귀의하는 자입니다.

괴로움의 씨앗

오늘날 심리학자, 정신의학자, 물리학자 들은 '인간의 마음이 빚어내는 탐·진·치 중에서도 특히 탐욕으로 인해 인간이 괴로움을 느낀다'는 주장에 관심을 갖게 되었습니다. 이것은 붓다와 그 이후 용수보살이 주장한 것과 맥락이 같은데, 오늘날 붓다의 법이 주목받는 이유이기도 합니다.

그런데 일부에서는 이것이 과거의 주장일 뿐이며 현대인의 괴로움과는 무관하다고 말합니다. 하지만 그것은 어리석은 생각입니다. 왜냐하면 지금 이 순간은 물론이고 과거에 사람들이 겪었던 모든 괴로움이 다 탐욕에서 비롯된 것이기 때문입니다. 즉 사람의 마음에서 일어나는 탐욕은 붓다의 시대나 지금이나 별반 차이가 없다는 것입니다.

만약 당신이 지금 무언가로 인해서 고통을 겪고 있다면, 우선 나라는 생각에서 벗어나 내가 원하는 것이 무엇인지 제대로 알고 그에 대한 집착을 끊어내는 게 중요합니다. 그래야만 괴로움에서 벗어날 수 있습니다.

종교에 대한 생각

한번은 어떤 청년을 만나서 종교가 무엇인지 물었습니다. 그랬더니 청년이 대답했습니다.

"부모님이 불자여서 저도 불교를 믿습니다."

그래서 다시 물었지요.

"부모님의 종교는 불교이지만 당신의 종교는 무엇인가요?"

청년은 대답을 하지 못했습니다. 나의 질문을 제대로 이해하지 못했거나 아니면 내가 왜 그런 질문을 하는지 의문이 들었기 때문일 것입니다. 내가 그에게 던진 질문의 진의는 자기만의 종교를 가지라는 당부이기도 합니다.

"부모님이 불자여서 나도 불자"라는 말은 어리석은 신심입니다. 또한 "우리 집안은 대대로 불자"라는 말도 바른 신심이라고 할 수 없습니다. 부모와 자식은 별개의 영혼이며 독립적인 존재입니다. 그러므로 종교관도 부모에게 의지하지 않고 스스로 확립해야 한다는 뜻이지요.

종교를 선택하는 것은 개인의 자유입니다. 설령 부모가 불교를 믿는다고 하더라도 내가 원하는 종교를 선택할 권리가 있습니다. 이것은 자기 존재에 대한 자각입니다. 권리를 잊지 말고 나만의 철학과 종교를 가져야 하는 이유입니다.

해탈의 결

한국의 불자들은 '관세음보살 정근'을 열심히 합니다. 그렇게 지극한 마음으로 기도하면 관세음보살님이 계신 불국토에 도달하거나 훗날 그곳에 태어날 것이라고 기대하는 분들이 있습니다. 그리고 그것을 해탈이라 생각합니다.

해탈은 다른 말로 '성불' 또는 '열반'이라고도 합니다. 수행을 통해서 실상을 볼 수 있는 지혜가 생겨나고, 이를 통해서 욕망과 분노, 두려움, 어리석음 등 번뇌의 티끌이 다 사라졌을 때를 말합니다. 즉 모든 번뇌에서 벗어난 상태를 해탈이라고 합니다.

한 장소에서 다른 장소로 이동하는 것이 해탈이 아닙니다. 지금 이 자리에서 모든 번뇌를 여의었다면 그것이 해탈이고, 여의지 못했다면 윤회를 벗어나지 못하는 것입니다.

사람들은 몸에 병이 생기면 얼른 고치려고 하지만 마음의 병은 고치려고 하지 않습니다. 사실 육체의 병보다 더 무서운 것이 마음의 병입니다. 이 무서운 번뇌를 퇴치하는 것이 바로 해탈로 가는 길입니다.

해탈을 하고자 한다면 번뇌의 뿌리까지 완전히 제거해야 합니다. 잡초를 뽑을 때 잎이나 줄기만 잘라서는 소용없습니다. 이와 마찬가지로, 어떤 번뇌는 남겨놓고 어떤 번뇌만 제거할 수는 없습니다. 더는 괴로움을 겪지 않도록 번뇌의 뿌리까지 모두 제거해야 비로소 완전한 해탈에 이를 수 있습니다.

분노에 대한 연구

내가 아는 아흔 살쯤 되는 정신과 전문의가 이런 말을 했습니다.

"존자님, 저는 분노에 대하여 오랫동안 연구했습니다. 사람들은 화가 날 때 그 원인을 남 탓으로 돌리고 상대방을 비난합니다. 그런데 제가 연구한 결과 90퍼센트 정도는 상대방이 아니라 전적으로 그의 마음이 만들어낸 것이고, 상대방은 어떠한 영향도 미치지 않았습니다."

어떤 일로 화가 날 때 사람들은 누구 때문에 몹시 화가 난다고 말합니다. 하지만 잘 살펴보면 화는 상대로 인해 생겨나는 것이 아니라 화를 내는 사람의 마음에 달렸다는 이야기입니다. 결국 화를 일으키는 것도, 가라앉히는 것도 우리 마음이 하는 일입니다.

부재의 기억 – 부다페스트, 헝가리 78×101.6cm, Oil on canvas, 2014

몸과 입과 마음으로 짓는 업

붓다의 말씀이 담긴 경전을 아무리 많이 사경하고 독송하더라도 몸[身]과 입[口]과 마음[意], 즉 신·구·의를 청정히 하지 못한다면 아무 소용없는 일입니다. 이와 달리 나와 남에게 이로운 바를 알아서 신·구·의를 잘 다스리는 이야말로 현명한 사람입니다.

우리가 몸으로 짓는 업은 살생, 도둑질, 사음 등입니다.

불교에서 강조하는 불살생은 지금 나와 더불어 살고 있는 모든 생명을 함부로 죽이지 말라는 것입니다. 남의 생명을 빼앗을 권리는 누구에게도 없습니다. 생명을 위협하는 일은 상대방에게 극심한 두려움과 공포심을 안겨줍니다. 이 또한 남의 목숨을 빼앗는 것만큼이나 심각한 죄악입니다.

도둑질은 남이 열심히 일해서 얻은 것을 아무 노력 없이 가로채는 범죄입니다. 피땀 흘려서 성취한 것은 오래가지만 쉽게 얻은 재물은 빨리 사라집니다. 그리고 남의 아내나 남편을 탐하지 말아야 합니다. 삿된 음행은 미운 감정은 물론 증오심을 불러오기 때문입니다.

　우리가 입으로 짓는 업은 거짓말, 이간질, 악담 등입니다. 많이 배운 사람일수록 더 우아하게 거짓말을 합니다. 사람들과 대화할 때 쓸데없고 무의미한 말을 하지 않도록 입을 잘 단속해야 합니다. 이를테면 전쟁이나 쾌락에 관한 이야기는 우리에게 아무 도움이 되지 않습니다. 이런 무의미한 말이 많아지면 내 것이 아닌 남의 것을 탐하게 되고 갈증만 더욱 커질 뿐입니다.

우리가 마음으로 짓는 업은 탐냄, 성냄, 어리석음입니다. 이를 탐·진·치 삼독이라고 하지요.

붓다께서는 신·구·의 삼업으로 짓는 열 가지 악업을 '십악十惡', 그 반대를 '십선十善'이라고 하셨습니다. 티베트에서는 십선을 백으로, 십악을 흑으로 표현합니다. 당신이 어떤 잘못을 저질렀다면 결코 마음이 편안하지 못할 것입니다. 불행을 원치 않는다면 나쁜 행동, 나쁜 말, 나쁜 마음을 경계해야 합니다. 신·구·의를 잘 다스려 십악을 짓지 않는 것, 이것이 해탈의 전제 조건입니다.

인과법

옳지 않은 원인이 되풀이되면 아무리 오랜 세월이 흐른다 해도 결코 원하는 결과를 얻지 못합니다. 마치 뿔에서 우유를 짜는 것과 같습니다.

씨앗을 뿌리지 않으면 싹이 틀 수 없듯이, 원인을 짓지 않으면 결과도 발생하지 않습니다.

좋은 과보를 받고자 한다면, 올바른 원인과 조건들이 서로 만나야 합니다.

자비심

일체종지의 뿌리는 오직 자비심이니 처음부터 이 수행을 해야 합니다.

붓다께서는 자리自利를 원만하게 구족하고 이미 대자비를 완성하셨으나 여전히 중생계에 머물러 계십니다. 이는 중생을 돌보기 위함인데, 붓다께서는 적멸을 마치 달아오른 쇠의 집으로 여겨 멀리하십니다. 붓다께서 무여열반에 드신 까닭은 오로지 자비 때문이므로 먼저 자비심을 익혀야 합니다.

자비심의 완성

사랑하는 아이가 몹시 힘들어할 때 어머니가 함께 고통스러워하듯이, 모든 중생이 괴로움을 겪고 있을 때 그들이 구제되기를 바라는 간절한 마음이 저절로 일어난다면 우리는 이를 자비라고 합니다.

멀리 있는 중생이 아니라 나와 함께 있는 사람부터 사랑을 시작해야 합니다. 그런 다음에 나와 무관한 사람, 심지어 적에게도 사랑을 베풀 때, 이것을 두고 우리는 자비심의 완성이라고 합니다.

평등심

평등심은 모든 중생이 가진 집착이나 분노를 버리는 것에서 출발합니다. 그리고 '오랜 겁의 세월 동안 수백 번의 윤회 중에 과연 내 친지가 아니었던 중생이 있었는가'를 생각해야 합니다.

평등심의 수행은 그 어떤 감정도 없는 사람을 대상으로 시작하여 사랑하는 사람, 또 미워하는 사람을 대상으로 해야 합니다. 이렇게 모든 중생을 대상으로 수행한 다음에는 자애 수행을 실천해야 합니다. 즉 자애의 물로 내면을 적신 뒤에 자비의 씨앗을 심으면 그 싹은 아주 완전하고 풍요롭게 자랍니다. 먼저 자애로써 내면을 비추어 본 뒤 자비로써 평등심을 갖추어야 됩니다.

보리심

보리심은 깨달음을 얻어 부처가 되고자 하는 마음입니다.

보리심을 증득하려면 먼저 세속과 승의勝義에 대한 두 가지 발원을 해야 합니다. 세속은 자비로써 모든 중생을 이롭게 하기 위해 부처가 되겠다는 발원입니다. 승의는 보살의 계율에 머무는 청정한 수행자로부터 가르침을 받고 발심하는 것을 말합니다.

그리하여 바람 앞에서도 꺼지지 않는 등불처럼, 번뇌의 모든 상을 지우고 오직 사마타와 위빠사나 수행을 통해 마음으로 이루어지는 게 바로 보리심입니다.

생사에서 벗어나려면

붓다께서 말씀하셨습니다.

"누구든지 《보살장경》의 진리를 듣지 않고 율장을 듣지 않고 삼매의 기틀에만 만족하는 자는 교만해져서 과도한 증상만增上慢에 빠지게 되고, 생로병사의 괴로움과 여덟 가지 괴로움[八苦]에서 벗어나지 못한다. 늙고 죽음에서 벗어나려면 현자의 가르침을 들어야 한다."

모든 업장을 완전히 끊고 청정한 지혜를 얻고자 한다면 사마타에 머물러서 지혜를 증득해야 합니다. 이것이 생사에서 벗어나는 방법입니다.

사마타와 위빠사나 수행

바람에 흔들리지 않는 등불처럼, 수행자는 분별의 바람에도 흔들리지 않는 마음으로 알맞은 수행처를 찾아서 사마타와 위빠사나 수행을 해야 합니다. 이 두 가지 수행을 통해서 탐욕을 제거하고 계율을 청정하게 한 뒤 삿된 견해를 모두 끊어냈을 때, 비로소 산처럼 견고한 깨달음을 완성할 수 있습니다.

계율은 공성空性을 깨닫기 위한 수행입니다. 그러므로 붓다의 계율을 잘 따르는 수행자가 바로 율사입니다.

선정

    성문 혹은 보살과 여래의 모든 선법善法은 사마타와 위빠사나 수행의 결과입니다.

    만약 당신이 사마타 수행만 한다면 일시적으로 번뇌를 억누르는 것에 지나지 않아 업장을 끊지 못할뿐더러 지혜의 빛도 생기지 않아 번뇌를 완전히 소멸하기 힘듭니다. 그러므로 붓다의 모든 선법을 성취하려면 위빠사나 수행법의 선정을 통해 얻은 지혜로써 번뇌를 소멸시켜야 합니다.

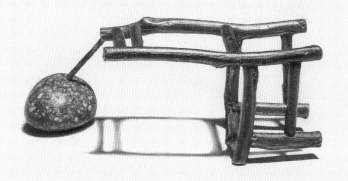

부재의 약속 40×49.2cm, Oil on canvas, 2015

전생과 내생에 대하여

어떤 사람들은 "전생과 내생은 없다"라고 주장합니다. 왜 그렇게 믿고 있는가 물어보면 단호하게 말합니다. "내가 아직 전생과 내생을 경험한 적이 없기 때문입니다." 따지고 보면 이러한 생각은 전도된 사견에 지나지 않습니다. 그들은 전생과 내생을 경험한 적이 없어서라고 근거를 제시하지만 이것은 합당한 논리가 아닙니다.

우리 불자들은 비록 전생과 내생을 직접 경험한 적은 없지만, 그렇다고 해서 '전생과 내생은 없다'라고 단정 짓지 않습니다. 불교는 다양한 추론을 통해 근거와 논리로써 진리를 증명한다는 사실에 주목해야 합니다.

불교는 마음을 공부하는 종교입니다. 내가 있다고

믿으면 내 마음의 다양한 추론을 통해서 전생과 내생이 생기는 것입니다. 모든 것은 우리의 마음에 달렸습니다. 전생과 내생을 믿는 사람은 내생을 위해 현재를 더욱 잘 살아가고자 노력할 것입니다.

오온과 나

나란 누구일까요?

오온과 연결된 나, 오온과 분리된 나, 오온을 다스리는 나.

이 세 가지는 상호 의존하므로 지금 이 순간 말하고 있는 나를 진정한 나라고 할 수 없습니다. 이것이 바로 '무아無我'입니다.

일체가 인연 따라 존재하니 애초부터 나라는 존재는 없습니다. 이것을 깨닫는다면 욕망에서 자유로워지게 됩니다.

무아에 대하여

불교의 진리는 고정 분별하는 실체로서 나는 없다는 뜻인 '무아'에 있습니다.

'무아'란 '나'라는 존재가 '없다'는 개념이 아니라 실체가 없는 것을 마치 실체가 있는 것처럼 보아서는 안 된다는 의미를 담고 있습니다. 만물은 고정되어 있지 않고 끊임없이 변화한다는 것을 자각하라는 뜻입니다. 그런데 '무아'를 잘못 해석하여 허무주의에 빠지는 사람도 있습니다.

불교의 핵심은 허망함을 탈피하여 수행을 통해 지혜를 증득하는 데 있습니다. 상호 의존하는 존재로서 나를 고집하지 않을 때 나의 가치가 더욱 빛난다는 사실을 기억하세요.

이름은 네가 아니다

붓다께서는 말씀하셨습니다.

"가고 옴이 없고 머묾이 없으니 삼세를 초월한 세상이 실제로 어디에 있겠는가? 태어남과 머묾, 그리고 소멸은 진실이 아니므로 있고 없고를 따지지 말라. 길고 짧고, 있고 없고, 이 또한 이름에 불과한 것이니라."

우리가 말하는 육신, 그리고 이 육신을 움직이게 하는 오온이라는 것도 실체가 없습니다. 하지만 나라는 주체는 이 오온에 의지하여 존재한다는 것을 알아야 합니다.

나는 "나와 함께 존재하고 있다"라고 말한다면 그 '나'란 과연 어디에 있는 것일까요? 나라는 존재는 오직 색·수·상·행·식이라는 오온에 의지할 뿐입니다. 그리고 오온조차 이름일 뿐 그 실체가 없음을 깨달아야 합니다. 이것이 '공성'입니다. '나'라는 이름조차, 또 '오온'이라는 것조차 단지 이름일 뿐입니다.

　나는 다른 사람들에게 이름으로 불리지만 그 이름 자체가 나는 아닙니다. 그럼 진짜 나는 누구입니까? 어디에서 왔으며, 어디로 가고 있습니까?
　지금 나라는 자아가 존재하지 않으면, 내일도 나는 존재하지 않습니다. 자아는 날마다 태어나고 버려지고 또 태어납니다. 그런데 사람들은 나라는 고정된 실체가 있다고 착각하며 살아갑니다.
　공성을 제대로 이해하면 모든 것이 소멸합니다. '나는 깨달아야 한다'는 생각조차 버려야 비로소 부처가 될 수 있습니다.

나라는 생각

붓다께서는 말씀하셨습니다.

"무아의 법을 알게 되면 두려움이 사라진다. 유정有情은 나를 집착하는 아집에서 생겨났고, 그 아집으로 인해서 두려움이 시작된다."

사람들은 나라는 존재에 대해 '독립적인 나'가 있고 '별개의 나'가 있다고 생각합니다. 이러한 개념은 마치 왕이 신하들을 부리듯이 나를 이루는 오온을 부리는 것입니다. 즉, 나라는 생각에 가둬버리는 것이 바로 아집입니다. 그 아집으로 인해 끊임없는 두려움이 생기기 시작합니다.

아집은 '미세한 아집'과 '거친 아집'으로 나눌 수 있습니다. 아집을 끊어야 한다는 생각을 가지고 있다면 미세한 아집, 도저히 끊을 수 없다고 생각한다면 거친 아집이라 할 수 있습니다.

누구나 미세한 아집과 거친 아집을 가지고 있지만 그 어떤 것도 나의 실체가 아닙니다. 왜냐하면 이름을 붙여놓은 것일 뿐, 본디 내 것이란 하나도 없기 때문입니다. 아집으로 똘똘 뭉친 나는 오온에 지배당하는 나일 뿐입니다.

있는 그대로의 모습

붓다께서는 '나는 존재하고 나의 것도 존재한다'고 생각하는 것은 정법으로부터 등을 지는 일이며, 또한 진여眞如를 모르는 것이라고 말씀하셨습니다.

진여란 '있는 그대로의 참모습'을 말합니다. 진실한 존재의 의미를 묻는 것이라고 할 수 있습니다. 산이 강이 될 수 없고 강이 산이 될 수 없듯이, 거짓이 참이 될 수 없고 참이 거짓이 될 수 없습니다. 이렇게 있는 그대로의 참모습이 바로 진여입니다.

우리는 무명으로 인해 '있다' 혹은 '없다'라고 어리석게 분별하지만, 붓다를 통해 비로소 존재의 참모습을 알게 되었습니다.

산다는 것은 일체가 고통이라는 것이 바로 인생의 진실한 모습입니다. 따라서 자신의 실체에 대해 고찰하면 할수록 더욱 더 깊이 무아를 깨닫게 됩니다. 그리고 그 실상을 여실히 알면 더는 어디에도 집착하지 않습니다. 실상을 잘 알지 못하는 무지함으로 인해 우리는 자기를 스스로 옭아매고 있습니다.

아난존자의 깨달음

아난존자가 붓다의 설법을 듣고 깨달음을 얻은 뒤 비구들에게 설하였습니다.

"오늘 내 마음이 집착하는 한 언제나 거기에 아집이 있고, 그로 인해서 업이 생기고, 그로 인해서 또다시 태어나게 되느니라."

사람들은 나라는 주체가 육신을 다스린다고 생각합니다. 하지만 나라는 주체를 잘 들여다보면 그것은 오온일 뿐입니다. 나라고 하고, 내 것이라고 믿는 것이 사실은 아집입니다.

아난존자는 또 이렇게 말했습니다.

"나라는 것은 어떠한 실체도 없다. 오온에 의지해서 나라고 그저 이름하는 것일 뿐이지 나의 실체는 어떠한 것으로도 찾아지지 않는다."

우리가 과거, 현재, 미래를 말할 때 그것들은 서로 연관되어 그렇게 불리는 것일 뿐 과거, 현재, 미래가 독립적으로 존재하는 것이 아닙니다.

집착하는 마음을 갖는 한 거기에서 언제나 아집이 생겨나며, 그 아집으로 인해 업이 생기고, 그로 인해 또다시 윤회를 거듭하게 됩니다.

거울과 나

거울에 비친 당신을 보면 어떤 생각이 드나요?

거울 속의 나는 진짜일까요, 가짜일까요? 그것은 그저 허상에 불과한 '나'입니다. 실제로 만져보면 거울 속에는 아무것도 없습니다. 다만 거울을 통해서 나를 바라볼 뿐입니다. 거울은 나를 비추는, 혹은 나를 아집으로 이끄는 오온이라 할 수 있습니다.

그런데 사람들은 거울에 비친 모습이 마치 진짜 자기인 양 생각합니다. 그것은 단지 허상에 불과한데도 말입니다. 오온에 이끌리면 아집이 생겨나서 나를 제대로 보지 못합니다.

중요한 것은 오온에 이끌리지 않는 깨끗한 마음입니다. 아무리 거울이 더럽다고 해도 내 마음이 깨끗하다면 아무 문제가 없습니다. 오온이 이끄는 아집에 끄달리지 않아야 합니다.

허상과 실재

사막에서 신기루를 만나면 진짜 물이 있고 나무가 있는 것처럼 보이지만, 가까이 가면 뜨거운 모래뿐입니다. 실재가 아니라 허상인 것입니다.

진리가 이와 같습니다. 진리를 모르는 사람에게는 진리가 그저 신기루처럼 보일 수 있습니다. 사막에서 신기루를 보고 물이 '있다' '없다' 논쟁하는 것 자체가 어리석음입니다.

나라는 존재에 대해서도 마찬가지입니다. 나라는 것이 실제로는 내가 아님을 아는 것, 그것을 바로 아는 것이 '무아' 사상입니다. 나라고 고집할 만한 것이 없다는 것을 알 때 욕망이 사라지고, 집착이 사라지고, 깨달음의 길로 들어서서 비로소 부처가 되는 것입니다.

시간, 기억 그리고 존재 54×120cm, Oil on canvas, 2011

경전을 대하는 마음가짐

수행을 할 때 시간보다 중요한 것은 꾸준함입니다. 어떤 때는 많이, 또 어떤 때는 적게 하는 것은 도움이 되지 않습니다.

경전을 볼 때는 눈으로만 읽는 것이 아니라 그 내용을 마음 깊이 새기는 것이 중요합니다. 내가 알고 있는 어떤 스승님은 마음으로 경전을 읽고 뜻을 새기셨는데, 생각해보니 그 방법이 매우 효과적인 것 같습니다. 마음으로 읽는 것은 깊이 사유한다는 것입니다. 뜻도 모르고 경전을 그냥 읽기만 한다면 수행에 별 도움이 되지 않음을 명심해야 합니다.

마음을 허공처럼

어떤 대상을 볼 때 우리는 괴로움과 고통을 항상 생각해야 합니다. 만약 당신이 지금 고통을 겪고 있다면, 그 원인이 번뇌의 끄달림 때문이라는 것을 알아야만 합니다.

우리 눈에 보이는 것은 모두 허상이며, 영원하지 않다는 것을 자각해야 합니다. 그리고 살아 있는 것은 모두 고통을 겪는다는 것을 자각해야 합니다. 그러므로 수행자는 어디에도 머물지 않으며 마음을 허공처럼 가져야 합니다.

후득지와 근본지

불자들은 '후득지後得智'와 '근본지根本智'를 제대로 알고 실천해야 합니다.

후득지는 모든 번뇌와 망상이 끊어진 깨달음에 이른 뒤 다시 온갖 차별을 명명백백하게 아는 지혜입니다. 근본지는 모든 분별이 끊어져 더는 분별하지 않는 깨달음의 지혜를 말합니다. 즉 번뇌와 망상을 일으키지 않고, 집착하지 않고, 있는 그대로 직관하는 지혜입니다. 나의 잣대로 판단하거나 평가하지 않고 대상을 있는 그대로 보는 것입니다. 이때 눈에 보이는 것은 모두 허상임을 알아야 합니다.

마음 교육

세상에서 가장 귀중한 교육은 '마음 교육'입니다.

현대인들은 끝도 없는 욕망을 향해 앞만 보고 달려갑니다. 어릴 때부터 욕망을 추구하는 교육을 받아왔기 때문입니다. 수학, 외국어, 과학, 경제 과목도 중요하지만 아이들에게 기본적으로 가르쳐야 할 것은 사랑, 연민, 용서, 정의 등 내면적 가치인 마음 교육입니다.

언젠가는 반드시 마음 교육이 정규 과정이 되기를 기도합니다.

영적 수련

종교적 삶을 산다는 것은 자기 자신을 영적 수련으로 인도하는 것입니다.

영적 수련이란 마음을 고요히 단련시킨다는 뜻입니다. 이를 통해서 세상에 일어나는 모든 일에 대해서 긍정적인 마음을 지녀야 합니다. 그것이 행복에 이르는 비결입니다.

어떤 의미에서 보면 영적 수련은 전압을 안정화하는 것과 같습니다. 불규칙한 전류가 흐르면 전압이 급격하게 올라가거나 떨어지는 것과 같은 이치입니다. 마음이 불안할 때 영적 수련을 통해서 지속적이고 안정적인 동력을 제공해야 하는데, 이것이 마음 수련의 목적입니다.

영적 수련의 의미를 제대로 이해한다면, 당신은 하

루 24시간을 온전히 자기 자신을 위해 수련할 수 있습니다. 미래는 현재를 살아가고 있는 당신에게 달렸음을 자각해야 합니다.

행복은 느낌

돈이 많다고
명예가 높다고
행복한 것이 아닙니다.
행복은 물질이 아니라
마음의 느낌입니다.

행복은 이미 만들어진
무언가가 아니라
우리의 마음에서 비롯됩니다.

평화가 달처럼

진정 당신이
마음의 평화를 얻고자 한다면,
그저 믿는 것만으로
'나'를 받아들여서는 안 됩니다.

'나'라는 존재가 '무아'임을 알고
'공空'임을 자각한다면,
무명과 미혹에서 벗어나
마음속에 평화가
달처럼 커질 것입니다.

변화를 받아들이는 지혜

모든 것은 순간순간 변합니다.

지금도 변하고 있고

내일도 변할 것입니다.

지금 당신에게 필요한 것은

이러한 변화를 받아들이는 지혜입니다.

이 세상에는 우리가

사랑해야 할 것이 매우 많습니다.

사랑할 시간도 부족한데

지금 당신의 마음속에

분노를 일으키고 있지는 않나요?

우리가 존재하는 이유

이 세상에서

일어나는 모든 현상은

나타났다가 사라지고,

사라졌다가 또 나타납니다.

당신도 나도 이렇게 태어났지만

언젠가는 사라질 것입니다.

이것이 바로

우리가 존재하는 이유입니다.

영원한 삶

세상에는 수많은 종교가 있지만
그 귀착점은 오직 마음 하나입니다.
종교의 가르침으로
마음을 다스리고 지혜를 얻어
나도 이익 되고 타인도 이익 되어
모두가 행복해지는 것이 목적입니다.
이것이 영원한 삶을 사는 길입니다.

지혜를 얻는 길

마음의 본성을 깨치려면

보리심을 가져야만 합니다.

보리심은 내가 가진 모든 악업을

극복할 수 있는 명약이며,

반야바라밀의 핵심입니다.

지혜를 증득하는 지름길입니다.

누구나 실수한다

누구나 실수할 수 있습니다.
현명한 자와 어리석은 자의 차이는
자신이 실수한 것을 깨닫는 순간
그 자리에서 잘못을 인정하고
그것을 바로잡는가,
그렇지 않은가에 달렸습니다.

사람이
가장 많이 저지르는 실수는
자신의 잘못을 인정하지도,
뉘우치지도 않는 것입니다.

부재의 사연 62.2×76.3cm, Oil on canvas, 2010

기도의 힘

기도하세요.

헤아릴 수 없는 거대한 힘이

기도 속에 있습니다.

나를 위해 기도하지 말고

남을 위해 기도하세요.

그러면 나와 남이

똑같은 존재라는 것을 깨닫게 됩니다.

이것이 영성의 핵심입니다.

남을 위해 베풀거나

나를 희생하는 것만이

자비는 아닙니다.

남을 위해 기도하는 것도

크나큰 자비입니다.

타인이 기대하는 것보다
더 많이 기도하고
진심으로 기뻐해주세요.

착한 마음

우리에게는

성스러운 보석 같은

착한 마음이 있습니다.

이 마음은

의사가 만들어줄 수도,

돈을 주고 살 수도 없습니다.

누군가가 훔쳐갈 수도 없습니다.

마음속에 오래 간직한 착한 마음,

이것이 진짜 나의 보석입니다.

마음을 적멸에 두라

당신이 생각하는 평화는 무엇인가요?

우리가 말하는 평화는

단순히 폭력의 부재나 사라짐이 아니라

우리가 가진

연민의 또 다른 표현입니다.

우리의 마음속에

사랑과 자비가 깃들지 않는다면

인류의 평화는 없습니다.

그 평화를 위해 지금,

당신의 마음을 적멸에 두세요.

오늘 하루

아침에 일어날 때,
내게 주어진 오늘 하루를
어떻게 보내겠다고
항상 다짐하고 발원해야 합니다.

일과를 마치고 잠자리에 들 때에는
아침에 했던 다짐과 발원을
제대로 실천했는지
하루를 되돌아보아야 합니다.

올바른 수행

수행을 할 때에는
심신에 무리가 가지 않도록
매일 시간을 정해서
꾸준히 하는 게 좋습니다.
몸을 쉬어주는 것도 중요하지만,
마음의 휴식도 중요하기 때문입니다.

올바른 수행이란
깨끗한 몸과 마음으로
내가 수행한다는 생각마저
초월하는 것입니다.

성자의 깊은 생각

우리는 태어났기 때문에 반드시 죽음을 맞이합니다.

지금 이 순간에도 어디에선가 생명은 태어나고 또 사라집니다. 우리는 늘 생사의 갈림길에 서 있는 존재입니다.

그런 우리가 해야 할 일은 무엇일까요? 그냥 태어났으니 욕망과 쾌락을 즐기다 가면 그만일까요?

붓다는 인간의 생로병사를 목격한 뒤 출가하여 깨달음을 얻었습니다. 그때 붓다는 생각했습니다.

'지금 내가 호흡하는 것마저도 일체 중생을 위한 삶이 되어야 한다. 중생이 원하는 땅이 되고, 흙이 되고, 다리가 되어, 그들이 원하는 모든 것을 내가 다 이뤄주겠노라.'

이것이 성자의 깊은 생각입니다.

우리도 숨을 거두는 순간까지 고통스러운 윤회의 사슬을 끊기 위해 노력해야 합니다.

그것이 수행자가 가야 할 길입니다.

마음 수행이 깊은 사람

우리는 숨이 멈추는 그 순간,
'내가 그동안 참 잘 살았구나!'
이렇게 후회 없는
삶을 살아야 합니다.

마음 수행이 깊은 사람은
죽음의 순간이 닥쳐와도
흔들림 없이
일체 중생을 위해 기도합니다.
이것이 마음 수행의 힘입니다.

수행자의 마음

　수행자는 항상 선한 마음을 가져야 합니다. 수행자가 자비심을 가지고 자신과 남을 공경하고 열심히 수행한다면, 어느 순간 마음이 지극히 청정해집니다.

　진실한 법을 수행한 사람은 마치 참나무를 비벼서 불을 일으키듯, 모든 분별의 그물을 여의게 됩니다. 또 명명백백한 법계의 이치를 깨달아 지혜를 증득하게 됩니다. 이런 수행자는 어떤 행동을 해도 허물이 없고, 어떤 어려움에도 흔들리지 않습니다. 바람 없는 곳에서 등불이 고요하듯, 어떤 일을 하더라도 항상 지혜로우며, 마침내 여래의 씨앗을 지니게 됩니다.

일생 동안 지은 업

죽음의 순간이 오면 우리를 괴롭히던 거친 의식, 이를테면 미움, 슬픔, 분노 그리고 집착과 오감마저도 희미해져 갑니다.

이때 몸과 마음은 지地·수水·화火·풍風으로 서서히 흡수되고, 뇌도 활동을 멈추게 됩니다. 이를 두고 티베트에서는 '지수화풍식地水火風識'이 마침내 '공空'이 되는 단계라고 합니다.

그 순간 모든 의식은 일공, 이공, 삼공, 사공을 거쳐서 마침내 죽음 직전의 가장 미세한 의식 상태인 '정광명淨光明'에 도달한다고 합니다. 그때에 이르면 평소 수행을 열심히 한 사람은 자신이 일생 동안 지은 선업과 악업을 생각합니다.

선업을 많이 지은 사람은 행복한 순간을 맞이하게 되고, 악업을 많이 지은 사람은 그 순간마저도 고통스

럽습니다. 죽음으로 갈 때 평온하기를 바란다면, 선업
을 많이 짓고 마음 수행을 열심히 해야 합니다.

사랑이란 남을 아끼는 마음,
배려하는 마음입니다.
좋은 면만 바라는 것이 아니라
상대의 모든 면을 끌어안는 마음입니다.

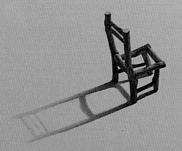

부재 73×100cm, Oil on canvas, 2008

산에서 만난 노인

옛날 티베트에 돔땜바라는 스승이 있었습니다.

어느 날 그분이 산을 올라가는데 생전 처음 보는 노인이 무거운 짐을 들고서 산길을 걷고 있었습니다. 노인은 돔땜바를 보자마자 다가와서 다짜고짜 짐을 안겨주곤 이렇게 말했습니다.

"짐이 너무 무겁네. 자네가 이걸 들고 가면 좋겠어."

그뿐만이 아니었습니다. 노인은 갑자기 냄새나는 신발을 벗었습니다.

"자네, 이 신발도 들고 가면 좋겠군."

돔땜바는 아무 말도 하지 않고 그저 웃으면서 그의 짐과 냄새나는 신발을 들고 산을 올라갔습니다. 그때 마중을 나왔던 돔땜바의 제자들이 스승에게 물었습니다.

"위대한 스승님이시여. 어찌 무거운 짐과 더러운 신

발을 들고 오십니까?"

그제야 노인은 돔땜바를 알아보고 그분에게 절을 했다고 합니다.

길을 가다가 종종 어려운 이를 만나곤 합니다. 그때 사람들은 그를 돕기보다 자신의 형편을 먼저 생각합니다. 어려운 사람을 만나면 기꺼이 도와주는 삶을 살아야 합니다. 그런 사람이야말로 이 시대의 진정한 스승입니다.

보살의 수행 1

참된 스승에게 의지하면
자신의 허물이 점점 줄어들고
공덕의 달이 차오릅니다.
이와 같이 훌륭한 스승을
자기 육신보다
더 소중히 여기는 것이
보살의 수행입니다.

보살의 수행 2

사람들이 얻고자 몸부림치는

명예와 재물은

마치 풀잎에 맺힌 이슬 같아서

순식간에 사라지고 말 것들입니다.

그렇기에 수행자는

결코 변하지 않을 수승한 지혜를

끝없이 갈구해야 합니다.

또한 지금 내가 누리는 행복을

타인의 고통과 맞바꾸는 것이

진정한 보살의 수행입니다.

죽음 앞에서

재산이 아무리 많다 하더라도
권력이 아무리 강하다 하더라도
죽음의 순간에는
아무 도움이 되지 못합니다.
죽음 앞에서는
달라이 라마라는 이름조차도
아무 도움이 되지 않습니다.
그때 정말로 도움이 되는 것은
일생 동안에 행했던 선한 일,
일생 동안에 일으켰던 선한 마음입니다.
이것만이 진정 죽음 앞에서
우리를 도울 뿐입니다.

윤회의 감옥

사람들은 분노와 미움의 감옥에서
고통스런 시간을 보내고 있습니다.
그 감옥에서 빨리 벗어나려면
나를 속이지 말고,
타인을 속이지 말고,
불법승 삼보에 귀의해야 합니다.

부귀와 명예만을 좇다 보면
윤회의 감옥을 결코 벗어나지 못합니다.
진정한 귀의처는 바로 삼보입니다.

진정한 보리심

티베트의 한 고승이 부잣집에 가서 설법을 하고 주인에게 큰 보시를 받았습니다. 주인은 고승에게 절로 돌아가는 안전한 길을 알려주었습니다.

"이 길로 가시면 도적이 많아서 생명이 위험하고 보시금도 다 빼앗길 수 있습니다. 그러니 저 길로 가십시오."

고승은 고개를 끄덕이고는 도적들이 출몰하는 길로 향했습니다. 그러자 부자가 만류했습니다.

"그쪽으로 가면 필시 도적을 만나십니다."

고승은 웃으면서 말했습니다.

"내가 이 길로 가야만 다른 사람들에게 큰 도움이 됩니다."

그러고는 끝내 도적들이 출몰하는 길로 갔습니다. 그렇게 얼마나 갔을까요. 갑자기 한 무리의 도적이 고승 앞에 나타났습니다.

"가지고 있는 재물을 몽땅 내놓으시오. 그러면 목숨만은 살려주겠소."

고승은 부잣집에서 받은 보시금과 공양물을 도적들에게 내놓고는 그들에게 법문을 들려주었습니다. 도적들은 그의 한량없는 자비심에 감동하여 잘못을 뉘우치고는 빼앗은 물건을 도로 내놓았습니다.

수만 겁 동안 악행을 저지른 사람들이 악의 굴레에서 벗어날 수 있는 유일한 방법은 일체 중생을 위해 자기를 희생하여 남을 이롭게 하는 것뿐입니다.

보리심은 일시적으로나 궁극적으로나 중생을 위해 헌신하는 마음입니다. 또 자기가 깨달은 바를 일체 중생에게 전해 그들이 괴로움을 여의게 하는 것입니다.

보살의 기도

중생을 해탈코자 하는 마음으로
깨달음의 정수를 얻을 때까지
불법승 삼보에 항상 귀의합니다.

지혜와 자비심을 가지고 정진하며
중생을 위하여 붓다의 집에 머물며
원만한 보리심을 일으키겠습니다.

나의 기도

붓다여!
가여운 우리 중생들은 태어나자마자
늙음과 병듦과 죽음의 고통에 빠져
헤매고 있으니 이 윤회가 끝날 때까지
결코 행복에서 물러나지 않고
보살의 안락을 받게 하소서.
세상과 지옥에 있는 모든 중생들이
극락으로 갈 수 있게 하소서.

보살이 지은 커다란 공덕으로
한량없는 비를 내리게 하여
무더위에 시달리는 중생들이
시원함을 느끼게 하시고
우리가 숨 쉬는 이 숲들을

아름다운 낙원이 되게 하소서.
추위에 떨고 있는 모든 중생에게
따뜻함을 주소서.

지옥의 모든 땅을 연꽃 가득한
호수로 바꾸어 백조와 홍조와 기러기 등
온갖 새들의 노래를 듣게 하소서.
불타는 대지는 보석과 수정으로 변하고
철의 산들도 무량공덕장이 되어
항상 여래가 충만하게 하소서.

타오르는 돌과 칼날의 피도
지금부터는 꽃비가 되고
무기를 들고 싸우는 것을 멈추게 하고

서로가 놀이 삼아 꽃을 던지게 하소서.
불타오르는 지옥의 강에 빠진 이들,
저의 선업 공덕으로 천상의 몸을 받아
선녀들과 유유히 노닐게 하소서.

마음을 바꾸는 여덟 편의 노래

소원을 들어주는 보석보다 소중한

모든 중생을 크나큰 행복으로

이끌겠다는 원을 세우고

그들을 항상 소중히 여기게 하소서.

다른 사람을 만날 때면 언제나

나 자신을 가장 낮은 사람으로 여기고

내 마음 깊은 곳에서

상대방을 고귀한 존재로 여기게 하소서.

어떤 일을 하든지 마음을 살피고

미혹이 생겨 나와 다른 이를

위험에 빠지게 할 때마다

당당히 맞서 위험을 면하게 하소서.

크나큰 죄와 고통에 시달리는

사악한 품성을 지닌 이를 만나면

귀한 보물이라도 찾은 듯이

그를 소중히 여기게 하소서.

다른 사람이 시기심에

나를 비방하고 욕설을 퍼부을 때,

기쁜 마음으로 패배하게 하고

승리는 다른 사람에게 돌아가게 하소서.

내가 도움을 주었거나

크게 기대하는 사람이

나에게 큰 상처를 주더라도

그를 최고의 스승으로 여기게 하소서.

세상의 내 모든 어머니인 분들에게
은혜와 기쁨을 베풀게 하시고
어머니들이 겪는 상처와 고통은
내가 은밀히 지게 하소서.

여덟 가지 세속의 원칙에 주목해서
이 모든 것이 더러움에 물들지 않게 하시고
모든 법을 실체가 없는 것으로 인식함으로써
어디에도 집착하지 않아 속박에서 벗어나게 하소서.

나의 사명

나의 영적 사명은
내가 어디에 있든
친절함과 진정한 형제애
그리고 진실한 연민의 중요성을
널리 전하는 일입니다.

우주 공간이 지속하는 한,
그리고 생명을 가진
모든 존재가 머무르는 동안
그때까지 나도 함께하며
세상의 모든 불행을 없애게 하소서.

부재의 사연 – 오슬로, 노르웨이 112.4×170cm, Oil on canvas, 2015

그대의 행이 바르고

그대가 바른 이치를 따른다면,

바로 그대가 붓다입니다.

붓다를 먼 데서 찾지 마십시오.

부처님 가르침이 발전되고
모든 중생이 적정의 안락을 누리기를 기원합니다.

석가의 비구, 달라이 라마

엮은이 달라이 라마 방한추진회

달라이 라마의 한국 방문을 추진하기 위해 결집한 신행 모임으로 2013년 12월에 발족했다. 달라이 라마를 이 땅에 초청해 온 국민들과 생명, 평화, 행복의 메시지를 함께 나누고자 다채로운 활동을 꾸준히 펼치고 있다. 그 일환으로 달라이 라마의 방한을 염원하는 서명 운동을 펼쳐 현재까지 14만 명이 넘는 국민들의 서명을 받았다. 해남 미황사 주지 금강 스님, 여수 석천사 주지 진옥 스님, 박광서 서강대 명예교수가 공동대표를 맡고 있으며, 여러 스님과 신행 단체들이 뜻을 함께하고 있다. 그동안 달라이 라마를 여러 차례 만나 그의 법문을 들었고, 그 내용들을 엮어 이 책을 펴내게 되었다.

공식 사이트 www.dalailama.or.kr